Omas Weihnachtslikör

HILDE STIFT

OMAS WEIHNACHTSLIKÖR

Fünf etwas andere Geschichten zum Fest

Mit Rezepten im Anhang

Bibliografische Information der Deutschen Nationalbibliothek:
Die Deutsche Nationalbibliothek verzeichnet diese Publikation in der
Deutschen Nationalbibliografie; detaillierte bibliografische Daten sind
im Internet über dnb.d-nb.de abrufbar.

Zeichnung Umschlag: Reiner Vollmer
Satz und Gestaltung: Roland Reischl, www.rr-koeln.de

© 2014 Hilde Stift
Herstellung und Verlag: BoD – Books on Demand, Norderstedt.
ISBN 978-3-7386-0660-7

Inhalt

Omas Weihnachtslikör 7

Sicher ist sicher 25

5 Weihnachten – und 1 Notfall 48

Schicksalsfäden 80

Einmal Himmel! 92

Anhang: Rezepte
Eierpunsch 106
Vanillekipferl 107
Omas Weihnachtslikör 108
Lebkuchenschnitte 109
Gans mit Rotkohl und Kartoffelklößen 110

Der Zufall ist der Wink des Schicksals

Hilde Stift

Omas Weihnachtslikör

Widerwillig dekorierte ich meine Wohnung, damit es wenigstens so schien, als ob ich in Weihnachtsstimmung wäre. Den mannshohen Holz-Nikolaus, den er ausgesägt hatte und der, an der Flurwand lehnend, auf einen Anstrich wartete, verarbeitete ich zu Anmachholz für den Kamin meiner Oma.

Die Sternenlichterkette, deren eisig leuchtendes Blau mir so gut gefiel, hatte er heimlich besorgt, um mich damit zu überraschen. Ich zerschnitt sie und spülte die Kabelstrippen Stück für Stück das Klo herunter. Ich weiß, so etwas sollte man nicht tun. Doch extreme Situationen verleiten zu unüberlegten Handlungen. Außerdem war diese eigenwillige Entsorgungsmethode eine reine Selbstschutzmaßnahme. Ansonsten hätte ich ihn womöglich noch mit dem Kabel erdrosselt.

Das französische Metallbett wurde ebenfalls von mir deformiert. Vor einigen Jahren hatte ich einen Schweißer-Kurs belegt. Der sollte mir nun zugutekommen. Stundenlang tobte ich meine Wut mit dem Schweißbrenner an dem Metall aus. Der Schrotthändler schaute zwar verständnislos, trotzdem lud er den Haufen Altmetall dankend auf seinen Kleinlaster.

Qualm zog aus der Küche. Ich lief zum Herd, so ein Mist, mein *Eierpunsch* ging in Flammen auf. Der Topf flog vom Herd aus in die Spüle. Ich öffnete das Fenster. Wo ich einmal hier war, konnte ich auch beginnen, die Plätzchen zu backen. Den Teig hatte ich schon am Vorabend vorbereitet. Ich holte ihn aus dem Kühlschrank und wickelte ihn aus der Frischhaltefolie. Oma freute sich doch immer so über meine *Vanillekipferl*. Also sollte sie welche bekommen, so wie jedes Jahr.

Rezepte Punsch und Kipferl: Seite 106/107.

Ich schmiss den Teig wie einen Punchingball immer wieder auf den Küchentisch und schlug anschließend laut artikulierend auf die Kugel aus Backzutaten ein. Ich war mir nicht sicher, ob es dem Plätzchenteig gut bekam, verdroschen zu werden. Eigentlich hatte ich mir diese Art des Aggressionsabbaus von meiner Oma abgeschaut. Sie verwendete dafür Hefeteig. Ich ließ von dem unschuldigen Mehlklumpen ab, der sich, vermutlich durch die falsche Handhabung, in einen buttrigen, klebrigen, Fäden ziehenden Haufen Etwas verwandelte.

Daraus Vanillekipferl zu formen, würde Strafarbeit gleichen. Ich bestreute also die Tischplatte mit Mehl und versuchte den weichen Butterhaufen mit dem Etwas zu vermischen. Die neu entstandene klebrige Teigkugel in der Hand, zielte ich wieder auf die Spüle, um den Teig mit Schmackes neben dem angebrannten Topf zu entsorgen. Nur knapp verfehlte ich das Spülbecken. Der Teigbatzen flog geradewegs aus dem offen stehenden Fenster.

Mein Blick wanderte zur Küchentür. Da hing er. Der Arsch. Der Arsch mit Ohren. Ich fand ihn recht gelungen. Ein aus Pappmaché nachempfundener Hintern, mit Ohren und einem Gesicht. Seinem Gesicht.

Nach über zehn Jahren glücklicher Beziehung war der Mann, den ich geliebt hatte wie keinen anderen, aus meinem Leben geschieden. Das war nun fast auf den Tag genau vier Wochen her. Um meiner ehemals großen Liebe die Kosten für ein teures Umzugsunternehmen einzusparen, legte ich beim Packen selber Hand an. Er zog es vor, durch Abwesenheit zu glänzen. Was mich nicht davon abhielt, mir ein Paar Einweghandschuhe überzustreifen und seine Garderobe samt Schuhen, ausschließlich teure, namhafte Designer-Marken, in die von mir bereitgestellten Säcke zu schmeißen. Seine Schallplattensammlung, bestehend aus seltenen Liebhaberstücken, sowie alle Gegenstände, die entweder aus seiner Hand gekommen oder jemals mit ihm in Berührung gewesen waren, bis auf seinen Zahnputzbecher samt Zahnbürste, hatte ich achtlos in Kartons gefurcht. Die Kisten und Säcke brachte ich in ein Kaufhaus, das sich über Sachspenden finanzierte, um mit dem erwirtschafteten Erlös karitative Einrichtungen zu unterstützen. Seine wertvolle Münzsammlung verteilte ich in verschlossenen Briefumschlägen, zu gleichen Teilen, an die Obdachlosen am Bahnhofsvorplatz und in der Fußgängerzone. Selbstverständlich steckte in jedem der Umschläge eine seiner Visitenkarten. So hatten die Beschenkten wenigstens die Möglichkeit, ihm ihren Dank gleich persönlich vor Ort, in seiner Kanzlei, auszusprechen.

Die Umsetzung dieses von mir einstimmig verabschiedeten Mehrheitsentscheids befreite mich zumindest von einem Teil der materiellen Altlasten. Das Hab und Gut des Arschs widerte mich ohnehin nach seinem offensichtlich sehr befriedigenden Alleingang in unserem Metallbett nur noch an.

Leider konnte ich nicht in Erfahrung bringen, ob ihm meine spontane, bürgernahe Hilfsaktion ebenso ans Herz gegangen war wie mir. Er sollte sich nie wieder bei mir melden.

Bis auf eine Fotografie erinnerte mich so bereits wenige Tage nach seinem Abgang nichts mehr in der Wohnung an ihn. Um meine Trauer herunterzuspülen, öffnete ich eine Flasche von *Omas Weihnachtslikör*. Nach einem einstündigen Weinkrampf wusste ich auch seine abgelichtete Fratze sinnvoll zu verwerten. Omas Weihnachtslikör setzte ein ungeahntes handwerkliches Geschick in mir frei, und meine Finger flutschten wie von Geisterhand durch die breiige Masse aus

---

Likör-Rezept: Seite 108.

Kleister, Pappe und alten Zeitungen, die ich angesetzt hatte. Zuerst formte ich einen Hintern ganz nach meinem Geschmack. Darauf setzte ich eine Visage, die ich nach der Vorlage seines Fotos frei aus der Hand modellierte. Dieses Kunstwerk stellte meinen diesjährigen Adventskalender dar. Ein vorweihnachtliches Geschenk an mich selbst.

Nachdem ich den Arsch fertiggestellt hatte, schnitt ich das besagte Foto in vierundzwanzig kleine Schnipsel. Zuerst saß ich ziemlich ratlos vor dem Ergebnis meiner Art der Bildbearbeitung. Nachdem ich auch die zweite Flasche fast vollständig intus hatte, waren sowohl meinem Ideenreichtum als auch meinen Rachegelüsten keine Grenzen mehr gesetzt. Ich beschriftete jeden einzelnen Schnipsel mit einem neongelben Textmarker. Die restliche Nacht habe ich über der Kloschüssel verbracht. Am nächsten Morgen, als der Arsch ausgetrocknet war, versah ich ihn mit vierundzwanzig goldenen Häkchen, an die ich kleine goldene Organza-Säckchen hing. Nun steckte in jedem dieser Säckchen ein zusammengefalteter, beschrifteter Schnipsel.

Mein Schädel dröhnte. Omas Weihnachtslikör hat eine Umdrehungszahl, mit der man locker ein Kettenkarussell antreiben könnte. Ich hatte keinen blassen Schimmer, was ich in meinem Schöpfungswahn auf diese Schnipsel geschrieben hatte. Nachschauen wollte ich nicht, das wiederum hätte mich der Vorfreude beraubt. Bis zum ersten Dezember war es nicht mehr lange. Meine Nachbarin schaute ziemlich dumm aus der Wäsche, als sie in meiner Küche stand und nach einem Pfund Zucker fragte. Sie schluckte mehrmals. Bis Weihnachten würde ich als Babysitter nicht mehr in Frage kommen.

Ein Blick zur Uhr, kurz vor sieben. Ein typischer Montagmorgen. Hektisch eilte ich aus der Tür. Abrupt blieb ich stehen. Ich hätte den Arsch beinahe vergessen. Langsam ging ich durch die Diele, zurück in die Küche. Ich musste den ersten Sack öffnen. Unsicher hielt ich den Schnipsel in der Hand. Sollte ich wirklich wagen, den Zettel sofort zu lesen, oder lieber erst nach Feierabend? Was würde mich erwarten? Ich konnte mich nur noch schemenhaft an die tobende Wut in mir erinnern, als ich diese Zettel beschriftet hatte. Mein Magen krampfte sich leicht zusammen. Was für ein Humbug, jetzt oder gleich. Das Leben war kein Wunschkonzert, also brachte ich es sofort hinter mich.

»Fahre einen Einkaufswagen einem Kerl in die Hacken!«

Die grellen Buchstaben stachen mir in die Augen. Die krakelige Schrift entzifferte ich eindeutig als die meine. Mir wurde klar, dass auch die weiteren Säckchen keine Spaziergänge würden.

Ziellos schob ich meinen Einkaufswagen vor mir her. Der Supermarkt war gut besucht. Ich fuhr die Fleischtheke ab. Nein, hier war es zu auffällig. Außerdem standen Mütter mit ihren Kindern an. Ich konnte unmöglich vor Kindern einen solchen Gewaltakt ausführen. Ich hatte die Wahl, den Einkaufswagen einfach stehen zu lassen und mich zu verdünnisieren. Wieso hatte ich mir auch nur so einen Schwachsinn ausgedacht? Und das alles wegen diesem Arsch.

Das war das Stichwort: Arschgesicht, du sollst Buße tun für das, was du mir angetan hast!, ging es mir durch den Kopf. Ich überlegte nicht lange und gab dem Wagen einen kräftigen Stups. „Ahh", hallte ein lauter Schmerzschrei durch den Gang mit Waschpulver, Hygieneartikeln und Verhütungsmitteln. Der Kerl hatte gerade ein Päckchen buntfarbiger Kondome an sich genommen und es dezent in seinem Einkaufswagen unter die anderen Einkäufe geschoben, als ich ihn erwischte.

So schnell ich nur konnte, ergriff ich die Flucht. Ich war sehr zufrieden mit mir, denn es traf bestimmt den Richtigen, wie ich aus seinem Einkauf voreilig schloss. Als ich zu Bett ging, meldete sich mein Gewissen zu Wort. So stolz wie ich mich nach der Attacke auch gefühlt hatte, der arme Mann im Supermarkt konnte doch für die Schmerzen, die mir der Arsch zugefügt hatte, rein gar nichts. Bei dem Gedanken, morgen das zweite Säckchen zu öffnen, drehte sich mir der Magen um.

»Ohrfeige einen Kerl, linke Wange, rechte Wange!«

Mir wurde schwarz vor Augen. Wie betrunken war ich denn nur gewesen? Das würde ich niemals fertigbringen! Ich saß in der überfüllten Straßenbahn. Den ganzen Tag habe ich an den Arsch gedacht und abgewogen, was besser für mich ist: zu tun, was ich volltrunken auf den Schnipsel geschrieben hatte – oder es zu lassen. Ich entschied mich für Ersteres. Als letzter Akt des Loslassens. Hier sollte es passieren, im überfüllten Abteil, kurz bevor ich ausstieg. Ich stellte mich rechtzeitig in der Schlange vor den Türen an. Aus den Augenwinkeln beobachtete ich, wie sich ein Aktenkofferträger erhob und den Platz hinter mir einnahm. Der Waggon ruckelte. Mein Hintermann hatte offenbar Mühe, das Gleichgewicht zu halten, und griff mir an den Po. Wahrscheinlich, um nicht umzufallen. „Was für eine Unverschämtheit", schrie ich dankbar auf. Dann klatschte es, einmal links und einmal rechts. Die Türen sprangen auf und ich verschwand im Menschengewühl. Das war ja ganz einfach gewesen, und der Unbekannte hatte mir sogar ein Alibi geliefert.

»Trete einem Kerl in die Weichteile!«

Das wurde ja immer besser. Ich hielt den Schnipsel, den ich aus dem dritten Säckchen gefischt hatte, in der Hand. Abwechselnd schaute ich auf den Arsch und auf die von mir geschriebenen Zeilen. Es war sicher nicht fair, meine Rachegelüste an wildfremden Männern auszuleben. Andererseits hatte sich der Arsch wie ein Feigling vom Acker gemacht. Wo sollte ich denn hin mit meinem Frust?

Eine riesige Menschentraube schob sich durch die Innenstadt. Ich mittendrin. Heute hatte ich nur kurz an den Arsch gedacht und entschied mich, meinen Auftrag spontan auszuführen. Die Temperaturen waren über Nacht gefallen und auch tagsüber immer noch weit unter dem Gefrierpunkt. Kaum hatte das Streusalz das Eis auf den engen Gassen der Fußgängerzone in Matsch verwandelt, gefror es auch schon wieder. Es war spiegelglatt. Jeder Schritt musste wohl bedacht sein.

Da passierte es. Ich kam ins Schlittern. Verzweifelt versuchte ich die Balance zu halten. Vergeblich. Mir glitten die Beine weg. Um nicht auf meinen Allerwertesten zu fallen, ruderte ich mit den Armen nach vorne. Abwechselnd baumelten meine Beine dazu in der Luft. Immer noch steuerte ich mit beiden Armen dagegen, um einen Sturz zu vermeiden. Ich sah einen Mann auf mich zukommen. Seine Pudelmütze hatte er tief ins Gesicht gezogen und den wollenen Schal mehrmals um den Hals geschlungen. Seine Aufmerksamkeit galt den weihnachtlich dekorierten Schaufenstern. Deshalb bekam er von meiner Luftakrobatik nichts mit. Mein rechtes Bein schoss erneut in die Höhe und traf ihn genau zwischen die Beine. Ich bekam wieder Boden unter die Füße und suchte das Weite.

„Hallo Oma."

„Hallo, mein Kind, was für eine nette Überraschung", öffnete Oma mir die Tür.

Ich folgte ihr mit der Keksdose unter dem Arm in die Küche.

„Sind die für mich?"

Nach dem heutigen so erfolgreich ausgeführten Adventsauftrag hatte ich einen zweiten Versuch gestartet, für Oma zu backen. Ich setzte mich.

Oma stellte zwei Tassen frisch aufgebrühten Kaffee auf den Tisch. „Dann wollen wir doch gleich mal kosten", öffnete sie die Keksdose. Mit geschlossenen Augen schob sie sich ein Vanillekipferl in den Mund. „Wundervoll, das ist ja wie Weihnachten." Oma hatte die Gabe, sich auch über Kleinigkeiten wie ein Kind zu freuen. „Wie wäre es mit einem Gläschen Weihnachtslikör?"

„Danke Oma, für mich nicht." Ich wollte nicht riskieren, auf noch mehr Dummheiten zu kommen. Man wusste bei Omas Weihnachtslikör nie, wie er aufs Gemüt schlägt.

„Wie du meinst." Sie holte eine angebrochene Flasche aus dem Vorratsschrank. „Ich habe noch eine auf Reserve, die kannst du dir gerne mitnehmen", lächelte sie mir zu. Ich fragte mich, ob Oma nach dem Genuss ihres Likörs ähnlich komische Anwandlungen bekam.

„Einfach köstlich", nippte sie schwärmend. „Auf einem Bein steht es sich schlecht." Langsam goss sie nach. „Du glaubst nicht, was ich heute Nachmittag erlebt habe."

Ich mampfte hungrig von meinen mitgebrachten Plätzchen. Oma prostete sich selber zu.

„Was denn, Omi?"

„Wo soll ich nur anfangen? Ach ja, ich bin gemütlich durch die Stadt geschlendert. Es ist ja alles so schön weihnachtlich dekoriert. Ich mag diese festlichen Schaufenster für mein Leben gern."

Oma besaß ebenfalls die Gabe, sehr ausschweifend zu erzählen und vom Wesentlichen abzukommen. „Na ja, ich laufe jedenfalls bis zum Schokoladentempel. Du weißt doch, dieses herrliche Geschäft, indem ich immer diese Schokoladenraspel kaufe, für den Kakao, den du so gerne magst."

„Hm", schmatzte ich. Es würde noch eine Weile dauern,

bis sie auf den Punkt kommt.

„Dieses Schaufenster fasziniert mich jedes Jahr wieder aufs Neue."

Ich schaute gelangweilt in die Dose und überlegte, ob es nicht unverschämt war, Oma die Kekse wegzufuttern.

„Hörst du mir überhaupt zu, Kind?"

„Sicher Omi, du stehst vor dem Schaufenster ..."

„Ach ja, ich stehe also vor dieser prächtig geschmückten Schaufensterscheibe und betrachte die ausgestellten Leckereien. Da schreit plötzlich jemand hundserbärmlich auf."

Erschrocken sehe ich von den Plätzchen hoch.

„Vor mir geht ein Mann mit schmerzverzerrtem Gesicht in die Knie."

„Ach ja?", tat ich gespielt erstaunt.

„Ja, und stell dir vor, unter den Schaulustigen tritt doch tatsächlich ein Arzt nach vorne." Oma nippte kurz an ihrem Glas. „Ich finde es ja eine unmögliche Eigenart, stehen zu bleiben und sich am Leid anderer zu ergötzen."

Mir war der Appetit vergangen. Ich schob die Plätzchendose weg. „Ein Arzt, sagst du?"

„Ja. So ein glücklicher Zufall", sie unterbrach sich und trank zur Abwechslung von ihrem Kaffee. „Ein Bild von einem Mann."

„Wer? Der Arzt?"

„Ja, der auch", rollte Oma die Augen. „Die beiden tuschelten hastig hin und her. Ich musste mir erst die Mütze über die Ohren klappen, um etwas verstehen zu können." Oma schenkte sich noch einmal nach. „Ich habe gehört, wie dieser junge Mann dem anderen, also dem Arzt sagte, man habe ihm in die..." Sie streckte mir den Kopf entgegen und sah mich mit gesenktem Blick streng an. „Du weißt schon", stockte sie, „In die ... getreten. Ein höchst peinlicher Vorfall für den Armen. Der Arzt meinte, um sicherzugehen, dass keine bleibenden Schäden zurückbleiben ..."

„Schäden?", unterbrach ich sie mit trockener Kehle. Jetzt brauchte ich auch einen Schluck. In einem Zug leerte ich Omas Glas.

„Ich dachte, du wolltest nicht, egal …" Wieder beugte sie sich ganz nah zu mir heran, um fast beschwörend fortzufahren. „In der Klinik soll festgestellt werden, ob seine Zeugungsfähigkeit nach dem Tritt noch intakt ist."

Ich verschluckte mich. Das hatte ich nicht gewollt. „Wer hat ihn denn getreten?"

„Das habe ich nicht mitbekommen. Außerdem stecke ich meine Nase nicht in andrer Leute Angelegenheiten."

Wie gerne hätte ich Oma gebeichtet, dass der Arsch die Schuld an diesem Vorfall trägt. Als ich am Morgen darauf den vierten Schnipsel gelesen hatte, wusste ich nicht mehr ein noch aus.

»Schütte einem Kerl ein Glas Bier ins Gesicht!«

Sicher wollte ich meine Aggressionen abbauen, aber um welchen Preis? Es half nichts, ich steckte schon zu tief in der Sache. Die Kneipe quoll aus allen Poren. Kleine Tannengestecke zierten die runden Tische. Boxen, die unter der Decke angebracht waren, beschallten die Gaststätte mit Weihnachtsmusik. Ich stand schon eine ganze Weile am Tresen, um meine Bestellung loszuwerden. Meine Augen wanderten die Gäste ab. Wen sollte es treffen? Die Frau neben mir zündete mit einem Feuerzeug eine eben erloschene Kerze wieder an. Das Stimmengewirr übertönte zeitweilig die Weihnachtslieder. Die Kerzenanzünderin gehörte zu einer kleinen gemischten Gruppe von Frauen und Männern, die genau wie alle anderen Umstehenden munter drauflosredeten. Von der Unterhaltung bekam ich nur Wortfetzen mit.

Ein großer Mann zu ihrer Linken sah zu mir rüber. Er zog die Stirn kraus, schaute weg, um gleich wieder zu mir rüberzuschauen. Was wollte der Typ von mir? Wozu starrte er mich so merkwürdig an? Bestimmt hielt er Ausschau nach einem flüchtigen Abenteuer. Na, der kam mir gerade gelegen.

„Was darf es sein?", brüllte die Bedienung gegen den Lärm an.

„Ein Bier."

Minuten später stellte sie mein Glas auf einen der Bierdeckel ab. „Zwei Euro dreißig macht das."

Ich kramte meine Geldbörse aus der Manteltasche und legte ihr den Betrag passend hin. Sie wandte sich den nächsten Gästen zu, während ich das Portemonnaie verstaute. Mein Opfer hatte ich ausgemacht. Der Kerl, der mir diese unverschämten Blicke zuwarf, musste heute dran glauben. Ich war bereit, in Aktion zu treten.

Fest entschlossen griff ich nach dem Glas, als mir stechender Geruch in die Nase drang. Der Schal der Kerzenanzünderin hatte Feuer gefangen. „Sie brennen", rüttelte ich an ihr. Sie reagierte nicht. „Hallo, Sie gehen gleich in Flammen auf", versuchte ich, sie zu warnen. Doch sie nahm mich immer noch nicht wahr. Reflexartig wollte ich den flammenden Schal mit meinem Bier löschen. Da drehte die brennende Frau sich um und der Kerl, der mich vorhin so komisch fixiert hatte, bekam den Schwall ab.

„Hilfe, mein Schal brennt", war alles, was ich noch hörte. Samt Bierglas machte ich mich aus dem Staub. Erleichtert las ich am nächsten Morgen meinen Schnipsel.

»Strecke irgendeinem Kerl die Zunge heraus!«

Diese Aufgabe fiel mir nun wirklich nicht schwer. Es schneite. Ich hatte in der Straßenbahn einen Fensterplatz ergattert. Mit beiden Händen schüttelte ich meine Haare aus, um sie von den Schneeflocken zu befreien. Ein Mann an der gegenüberliegenden Haltestelle hatte nichts Besseres zu tun, als mich dabei zu beobachten. Ich sah ihn an, lächelte und streckte ihm die Zunge raus. Die Bahn fuhr wieder an. Leider konnte ich sein verdutztes Gesicht nicht mehr sehen.

»Lauf mit einem Dolch über den Weihnachtsmarkt und schrei: „Entmannt ihn, entmannt sie alle!"«

Mit der Hoffnung, nach dem gestrigen harmlosen Schnipsel erneut eine leichte Aufgabe zu bekommen, hatte ich meinen Einfallsreichtum geringfügig unterschätzt. Mit gemischten Gefühlen saß ich in der Straßenbahn. Nur ein paar Stationen weiter gab es einen altertümlichen Weihnachtsmarkt, auf dem Vorplatz einer katholischen Kirche. Der Arsch und ich waren dort jedes Jahr hingefahren. Inständig hoffte ich, ihm dort nicht zu begegnen. Er sollte sich an meinem Leid nicht auch noch laben. In dem altertümlichen Gewühl würde ich mit meinem Dolch, den ich unter dem Mantel versteckte, bestimmt nicht auffallen. Der Dolch war ein Erbstück meines Großvaters. Wenn ich geahnt hätte, wozu ich ihn mal nutzen würde, hätte ich das Erbe ausgeschlagen. Der eisige Wind schlug mir ins Gesicht. Ich zog mir den Schal bis über Nase und Ohren. So vermummt würde mich bestimmt niemand erkennen.

Wie zu erwarten, war der Markt am Abend des Nikolaustages natürlich gut besucht. Eine halbe Ewigkeit stand ich nun, etwas abseits im Schutz der Dunkelheit, regungslos auf einer Stelle. Meine Füße waren kalt und meine Hände fast steif gefroren von der Kälte. Stundenlang war ich Jahr für Jahr dem Arsch zuliebe hier rumspaziert.

Eine Dunstwolke aus Essensgerüchen lag dicht über den Ständen, die eigentlich nicht mehr als Zeltverschläge waren. Entlang der schmalen Wege standen lodernde Fackeln. Krampfhaft hielt ich den Dolch in der rechten Hand und spürte meine Finger kaum noch.

Was hatte ich da nur für eine verrückte Idee. Nie wieder, das schwor ich mir, würde ich auch nur einen Tropfen von Omas Weihnachtslikör anrühren. Wenn ich noch länger in dieser Eiseskälte verharrte, würde ich mir Frostbeulen holen und eine saftige Lungenentzündung.

Die Bilder flammten wieder in meinem Kopf auf. Dieser grausige Anblick, der sich mir in unserem Metallbett bot, als ich an jenem Nachmittag früher als geplant aus dem Büro nach Hause kam. Wie hatte mich der Arsch nur so erniedrigen können? Jetzt stand ich völlig verloren hier, mit diesem unerträglichen Schmerz in der Brust. Das alles hatte ich nur ihm zu verdanken!

„Entmannt ihn!", zückte ich den Dolch unter meinem Mantel hervor, „entmannt sie alle!", schrie ich inbrünstig. „Entmannt die Kerle!" Ich vergaß alles um mich herum. „Entmannt sie alle!", brüllte ich aus Leibeskräften. „Entmannt die Kerle! Entmannt sie alle!"

Einige der Marktbesucher blieben stehen und sahen mich mit einer gewissen Ratlosigkeit an. „Entmannt die Kerle, entmannt sie alle!", streckte ich den Dolch in die Höhe. Jemand tippte mir auf die Schulter. Es wäre besser, man würde mich von meiner Mission nicht abhalten. Es tat so gut, endlich Dampf ablassen zu können. Die Traurigkeit über das, was dieser Arsch mir angetan hatte. Die Bilder in meinem Kopf, gegen die ich nicht ankam. Das alles ergab eine hochexplosive Mischung. Ich war eine tickende Zeitbombe. „Entmannt die Kerle! Entmannt sie alle!"

„Junge Frau?", spürte ich erneut ein zaghaftes Tippen auf meiner Schulter.

„Lassen Sie mich in Ruhe", wendete ich mich wirsch ab, „ich habe einen Adventskalenderauftrag zu erfüllen!", ereiferte ich mich. Ein Klopfen auf der anderen Schulter ließ mich aufgebracht zur Seite schauen.

„Junge Frau, sollte das mir gelten, nehme ich Ihnen das sehr übel." Niemand Geringeres als der Nikolaus versuchte zu mir durchzudringen.

„Oh, nein, passen Sie auf, diese Frau ist zu allem fähig." Ein Mann mit Pudelmütze und dickem wollenen Schal versuchte, den Kreis aus neugierigen Marktbesuchern, der sich mittlerweile um den Nikolaus und mich gebildet hatte, zu durchbrechen. „Ich kenne diese Frau!", rief er dem Nikolaus warnend zu. Unbeirrt bahnte sich dieser Fremde einen Weg durch die Leute. „Sie ist unberechenbar." Schützend stellte er sich vor den Nikolaus, bückte sich und fasste rücklings, ohne mich dabei aus den Augen zu lassen, dem erstaunten Nikolaus geradewegs in den Schritt.

„Mama, was macht der lustige Mann mit der Pudelmütze denn da mit dem Nikolaus?", fragte ein Mädchen neugierig.

„Nichts! Lass uns weitergehen."

„Ich muss doch sehr bitten", jaulte der Nikolaus auf und trat entrüstet einige Schritte zurück. „Wissen Sie nicht, mit wem Sie es hier zu tun haben? Ich bin der Nikolaus. Nehmen Sie sofort Ihre Hand von meinem Geläut."

Die Menge bog sich vor Lachen.

„Sie müssen mir glauben, ehe Sie sichs versehen, werden Sie kein Mann mehr sein", versuchte der Fremde, seinen beherzten Griff zu verteidigen. Die Menge applaudierte begeistert.

„Entmannt die Kerle! Entmannt sie alle!", rief ich mein Credo erneut unter die Leute.

„Junger Mann!", der Nikolaus schlug grob auf die Finger des ungebetenen Eierwärmers, „nehmen Sie sofort Ihre Finger da weg." Dann schaute er zu mir. „Also bitte", rügte er kopfschüttelnd den vermeintlichen Helfer, „wie kann man denn so etwas ernst nehmen?"

Der Fremde nahm seine Pudelmütze ab. „Entschuldigen Sie bitte, guter, lieber Nikolaus", verneigte er sich ehrfürchtig, „aber diese Frau lauert mir seit Tagen auf, nur um mir Schaden zuzufügen."

„So, so", brummte der Nikolaus, „dann will ich mal sehen, was ich darüber in meinem goldenen Buch finde ..."

„Was soll ich tun?", mischte ich mich ungestüm in das Gespräch ein. „Ich glaube, ich höre nicht richtig!" Wütend stieß ich die Dolchspitze auf das Kopfsteinpflaster.

„Oh doch, Sie haben ganz richtig gehört." Der Unbekannte schob sich angriffslustig die Mantelärmel hoch.

„Sie lauern mir auf!"

„Aus welchem Grund sollte ich Ihnen auflauern?"

Der Fremde löste seinen Schal und öffnete seinen Mantel. Mir war, als würde mir seine erhöhte Körpertemperatur wie züngelnde Flammen entgegenschlagen. „Woher soll ich das wissen? Sagen Sie es mir", begann er mich zu umrunden. „Ich weiß nur, dass es sich dabei nicht um bloße Zufälle handeln kann. Die Teigkugel, die am Sonntag aus dem offenen Fenster geflogen kam. Das waren Sie! Sie haben mich an der Stirn getroffen und ich bin vor Schreck gegen eine Straßenlaterne gerannt. Dabei habe ich mir eine Platzwunde zugezogen." Schnaubend deutete er auf ein kleines Pflaster dicht neben der Schläfe. „Ich musste mit sieben Stichen genäht werden."

Einige mitfühlende „Ohs" und „Ahs" waren von den Zuschauern zu hören.

„Am Montagabend im Supermarkt, das waren Sie! Sie sind mir mit dem Einkaufswagen in die Ferse gefahren." Der Nikolaus klappte das goldene Buch wieder zu. Wie auch die Marktbesucher, hörte er gebannt dem Fremden zu, der mich weiterhin mit kleinen Schritten umkreiste.

„Und am Dienstag, in der Straßenbahn", kurz schaute er in die Menschmenge und dann wieder zu mir, „Sie haben mich geohrfeigt. Einfach so, ohne Grund!" Seine Pupillen weiteten sich gefährlich. Mir war völlig schleierhaft, woher dieser Fremde von meinen geheimen Adventskalenderaufträgen wissen konnte.

Er blieb vor mir stehen, richtete sich auf und sah mich durchdringend an. „Der Tritt am Mittwoch in der Fußgängerzone", mit einer Armlänge Abstand zeigte er mit dem Finger auf mich, wie auf eine Aussätzige, „Sie haben mir zwischen die Beine getreten. Absichtlich!" Seine Blicke fraßen mich beinahe auf. „Ich habe drei Stunden in der Notaufnahme verbracht ... wegen Ihnen!"

Lautes Gelächter brach aus.

„Das Bier am Donnerstag." Der Fremde stand nun direkt hinter mir – und ich war außerstande, auszumachen, ob es sein oder mein Herz war, das ich pulsieren hörte. „Sie haben mir ein volles Glas Bier ins Gesicht geschüttet." Die Menge hielt den Atem an, genau wie ich. Langsam umkreiste er mich wieder. „Und gestern?"

Ich bekam es mit der Angst zu tun. Dieser Mann hatte keinerlei Ähnlichkeit mit den ganzen Männern. Oder doch? In der Hektik hatte ich auf die Gesichter nicht weiter geachtet.

„Gestern?", wiederholte er, „Was haben Sie gestern gemacht?", erhob er seine Stimme und schaute in Richtung der Zuschauer, als würde er sich von ihnen Unterstützung erhoffen. „Sie haben mir die Zunge herausgestreckt." Schallendes Gelächter brach im Publikum aus. Der Nikolaus zog verständnislos die buschigen Brauen in die Höhe.

„Wie konnte das nur möglich sein? Ich konnte doch nicht jeden Tag auf denselben Mann getroffen sein", wirbelten meine Gedanken durcheinander. „Hören Sie, ich habe Sie noch nie gesehen, und das mit der Teigkugel bin ich nicht gewesen. Gut, jedenfalls nicht absichtlich. Wie konnte ich denn ahnen, dass Sie sich um diese Uhrzeit unten auf dem Bürgersteig rumtreiben?"

„Sie bestreiten also gar nicht, dass Sie es auf mich abgesehen haben?"

„Ich soll es auf Sie abgesehen haben? Es ist doch nicht meine Schuld, dass Sie zufällig überall da auftauchen, wo ich mich gerade aufhalte, und sich dazu noch höchst auffällig benehmen. So wie im Supermarkt."

„Ich bin einkaufen gewesen, wie kann ich mich denn dabei auffällig benehmen?"

„Auffällig daran ist, dass Sie Sekt und Kondome kauften."

„Was ist daran denn bitte auffällig?"

„Versuchen Sie sich doch nicht rauszureden, Sie betrügen Ihre Frau, das ist doch offensichtlich."

„Wie kann ich meine Frau betrügen? Ich bin seit einem Jahr geschieden und hatte bis gestern eine Freundin, die jetzt im Glauben ist, ich hätte ein Verhältnis mit Ihnen, weil Sie mich permanent attackieren."

„Das tut mir leid, ich wollte Ihnen wirklich nicht schaden."

„Lenken Sie nicht ab. Ich will wissen, was Sie von mir wollen, und erzählen Sie mir jetzt nichts von Verstrickungen dummer Zufälle."

„Verstrickungen dummer Zufälle?", brach es aus mir heraus. „Ich glaube nicht mehr an Zufälle!" Jetzt war ich es, die ihn umkreiste. „Wenn man nach Hause kommt und sich dem Mann, den man liebt, eine stöhnende Fremde entgegenbäumt, und den beiden nichts weiter dazu einfällt, als etwas von Verstrickungen dummer Zufälle zu faseln, dann ist das eine Lüge. Weil es solche Zufälle nicht gibt. Verstehen Sie mich?"

Der Nikolaus schaute ebenso betroffen wie die Zuschauer. Auf dem Gesicht des Unbekannten malte sich ein großes Fragezeichen ab.

„Hört, hört!", läutete der Nikolaus seine goldene Glocke und stellte sich beschwichtigend zwischen uns zwei Streithähne, „ich glaube, wir alle hier kennen diese herbeigeredeten Zufälle, die nur dem puren Eigennutz dienen und in Wirklichkeit nichts anderes sind als faustdicke Lügen", sprach er beschwichtigend und legte schützend den Arm um mich. „Doch gerade zu Weihnachten dürfen wir nicht vergessen, dass es wahrhaftige Zufälle gibt, die vom Schicksal vorbestimmt sind, und auf die wir Menschen keinen Einfluss haben."

Im Glauben, einem weihnachtlichen Schwank beigewohnt zu haben, applaudierten die Leute und verteilten sich wieder über den Markt.

„So ein Arsch aber auch", streichelte der Nikolaus mir mitfühlend über den Kopf. Kraftlos sank ich in die Knie und ließ den Dolch fallen. Der Nikolaus drückte mein Erbstück einem kleinen vorbeilaufenden Jungen in die Hand. „Mama, Mama, sieh mal, was der Nikolaus mir geschenkt hat!", rannte der kleine Knirps freudestrahlend seiner Mutter entgegen.

Ich konnte immer noch nicht glauben, dass ich tatsächlich jeden Tag rein zufällig ein und denselben Mann erwischt hatte. „Ihnen ist aber ganz schön zugesetzt worden", streckte mir der Unbekannte versöhnlich seine Hand entgegen. „Ich kann Ihre Enttäuschung verstehen, wer wird schon gerne im eigenen Bett betrogen, aber wie sind Sie denn auf die Schnapsidee gekommen, Ihren Frust an mir auszutoben?"

„Ich habe mir in einem Zustand geistiger Umnachtung einen Adventskalender gebastelt, den ich, naja, mit nicht ganz astreinen Aufgaben an mich selber gefüllt habe."

„Das heißt ja, mich hätte noch mehr erwartet, wenn ich Sie hier nicht rein zufällig gestoppt hätte."

„Ja. Rein zufällig kann man das so ausdrücken."

Oma hatte nicht übertrieben, er sah tatsächlich sehr gut aus.

„Wissen Sie was? Ich bringe Sie nach Hause. Ich wüsste nur zu gerne, was mich bis zum Heiligen Abend noch alles erwartet hätte …"

Sicher ist sicher

Wie ich diese kalte Jahreszeit hasste. Ich hasste den Schnee und die klirrende Kälte, und die damit verbundenen Unannehmlichkeiten wie Viel-zu-frühes-Aufstehen und Felljacken-samt-dicken-Pullover-vom-Speicher-Runterschleppen.

Die Wintermonate brachten mich völlig aus dem Konzept. Der einzige Lichtblick in dieser überflüssigen Jahreszeit war das Weihnachtsfest. Ansonsten war nichts mehr vorhersehbar. Jedenfalls nicht für mich. Egal wie früh ich auch aufstand, es war nie früh genug, um pünktlich an meinem Arbeitsplatz zu erscheinen. Dabei hasste ich Unpünktlichkeit. Entweder hatte es geschneit, und ich musste die Einfahrt freischaufeln, oder Wuff, mein dreijähriger Labradorrüde, vergrub sich in den meterhohen Schneemassen.

Wuff schien auf ewig im Welpenstadium stecken zu bleiben. Ich hatte jedenfalls nicht das Gefühl, dass er erwachsen wurde. Diese Tatsache trug nicht unbedingt dazu bei, meinen Tagesablauf straffer regeln zu können. Dabei brauchte ich feste Strukturen. Ich hasste es, wenn mein minutiöser Zeitplan durcheinandergeriet und ich dadurch die Kontrolle verlor und mein Leben dem Zufall überlassen musste. So hoffte ich darauf, dass die Ampeln auf dem Weg zur Arbeit auf Grün stehen würden, damit ich wenigstens einigermaßen zeitnah die Stempelkarte drücken konnte.

Männer schienen von meiner Inflexibilität weniger erbaut zu sein. Die wenigen Freunde, die ich bislang hatte, nahmen schon nach einigen Wochen Reißaus. Einige hielten es sogar nur ein paar Tage mit mir aus. Lediglich Wuff war geblieben. Manchmal beschlich mich die Angst, er würde sich ein Loch buddeln. Unten an der Küchenwand. Wegen eines verstopften Abwasserrohrs musste dort kurz nach meinem Einzug ein Durchbruch gemeißelt werden. Die offene Außenwand wurde vom Klempner nur notdürftig mit einigen Holzlatten zugenagelt. Wuff schien das Tor zur Freiheit noch nicht entdeckt zu haben. Ich war jedes Mal erleichtert, wenn ich den Wagen in der Einfahrt parkte und es aus dem Haus heraus kläffen hörte.

„Wuff, komm her! Ich muss los!" Wuff ging seiner Lieblingsbeschäftigung nach. Er vergrub sich im Schnee. Dieses Spiel konnte er sehr ausdauernd spielen. Ich habe von Lawinenhunden gehört, die Menschen aus dem Schnee gruben. Doch ein Hund, der es mitunter Stunden im tiefen Schnee aushielt, davon hatte ich noch nie gehört. Wuff war schon ein sehr Besonderer Vertreter seiner Spezies.

„Wuff, Abmarsch jetzt, sonst bleibst du bis nach Feierabend eingegraben." Er konnte überall sein. Es machte mich rasend. Wieder würde ich zu spät kommen. Endlich. Laut bellend kam er angerannt. „Du hast großes Glück gehabt, ich wäre sonst weggewesen!" Schwanzwedelnd sprang er an mir hoch. „Ist ja schon gut." Ich fasste ihn am Halsband, bevor er wieder stiften gehen würde. Etwas Hartes traf mich im Nacken. „Verdammt!", entfuhr es mir. Vor Schreck ließ ich Wuff los. Der nutzte die Gelegenheit und haute prompt wieder ab. Schnee schmolz zwischen Mantelkragen und Schal. Langsam lief er mir den Rücken runter. Ich zog die Handschuhe aus und befreite mich fluchend von dem Matsch. Ein Schneeball flog haarscharf an meiner Stirn vorbei. In der Dunkelheit konnte ich die Straße nicht genügend einsehen, um orten zu können, aus welcher Richtung die Geschosse kamen. „Hört sofort auf damit!", schimpfte ich. Das waren bestimmt die Bengel aus der Nachbarschaft, die sich auf dem Weg zur Schule eine Schneeballschlacht lieferten.

„Tut mir leid, ich hatte nicht vor, Sie zu treffen."

Ich erschrak. Ein Unbekannter trat aus der Dunkelheit unter den Lichtkegel der Straßenlaterne und kam auf mich zu.

„Waren Sie das?", schnaubte ich.

„Ja, ist 'ne dumme Angewohnheit."

„Allerdings. Wegen Ihnen ist mein Hund jetzt wieder abgehauen."

„Sie meinen Wuff?" Misstrauisch sah ich an ihm herunter. Ich hatte diese fragwürdige Erscheinung von Mann noch nie gesehen. „Wie kommen Sie darauf, dass er Wuff heißt?"

„Das ist kaum zu überhören, wenn Sie ihn in aller Herrgottsfrühe rufen."

Der Fremde erweckte nicht gerade einen vertrauensseligen Eindruck. Man konnte nicht vorsichtig genug sein. Gerade in der Vorweihnachtszeit war dieses Viertel ein beliebtes Ausflugsziel von Einbrechern.

„Wuff, komm aus deinem Versteck, Frauchen muss zur Arbeit", rief ich und saß gedanklich schon abfahrbereit im Auto.

„Ich bin der Neue von gegenüber." Der Fremde zog seine Hand aus der ausgebeulten Hose seines Jogginganzugs. „Matze, hallo!", hielt er sie mir entgegen.

Demonstrativ steckte ich meine Hände samt Handschuhen in die Manteltaschen. Ich hatte zwar mitbekommen, dass sich im Haus gegenüber etwas tat, doch woher sollte ich wissen, dass dieser Matze, wie er sich vorgestellt hatte, wirklich dort eingezogen war?

Außer einem freundlichen „Guten Tag" pflegte ich keinerlei Kontakte zu meinen Nachbarn. Das Haus gegenüber stand seit zwei Jahrzehnten leer und war mittlerweile schon sehr verfallen. Sämtliche Makler der Gegend hatten vergebens ihr Glück daran versucht. Die alte Dame, der das Haus gehörte, hatte dort seit dem Tod ihres Mannes alleine gelebt. Sie wurde vor einigen Jahren leblos im Keller aufgefunden. Erschossen. Ein paar Schmuckstücke und Bargeld hatten im Haus gefehlt. Der oder die Täter wurden nie gefasst.

Das war alles, was ich über dieses dubiose Haus wusste. Mir war die Geschichte ziemlich unheimlich. Ich hatte zufällig davon erfahren, als das ältere Ehepaar, das gleich nebenan wohnte, einige Tage nach meinem Einzug bei mir klingelte, um mich in der Nachbarschaft willkommen zu heißen. Ich hielt es damals für angebracht, mir zu meinem eigenen Schutz einen Vierbeiner anzuschaffen. Wuff, der keiner Fliege etwas zuleide tat, wurde mir als scharfer Wachhund angepriesen.

„Sie wissen, was in dem Haus passiert ist?", fragte ich misstrauisch.

„Sicher."

„Und das macht Ihnen nichts aus?"

Dieser Matze wich meinem stechenden Blick aus und schob seine Hand wieder zurück in die ausgebeulte Hosentasche. „Nein, es macht mir nichts aus. Da, wo ich herkomme, passieren noch viel schlimmere Dinge."

Du meine Güte. Dann will ich gar nicht wissen, aus welcher Gegend du kommst ... Ich fand es ratsam, diesen Gedankengang für mich zu behalten. „Wuff, ich gehe jetzt nach Hause!", drohte ich meinem Hund nun ungeduldig zum wiederholten Male. Doch der machte nicht die geringsten Anstalten, sich blicken zu lassen. Bis dieser Matze ihm laut auf zwei Fingern pfiff: „Wuff, du hast es gehört. Komm raus, oder du wirst bis heute Abend im Schnee stecken. Und darauf kannst du Gift nehmen, mein Freund!"

Ich sah, wie Wuff sich unter dem Lichtkegel einer der Straßenlaternen aus dem Schnee buddelte und mit eingezogenem Schwanz angelaufen kam. Er bellte nicht mal.

„Man sieht sich." Der neue Nachbar verschwand, wo er hergekommen war. In der Dunkelheit.

Es war genau, wie ich es vorausgesehen hatte. Mit großer Verspätung kam ich im Großraumbüro der Firma an, für die ich schon seit einer Ewigkeit arbeitete. Umverpackungen aller Art stellten wir her. Ich war für die Reklamationen zuständig. Ein Knochenjob. Den ganzen Ärger der Kunden bekam ich ab und musste mühsam versuchen, sie wieder zufriedenzustellen. Ich hasste meine Arbeit.

Ich hasste es auch, mit Wuff nach Feierabend seine Lieblingsrunde im Stadtgarten zu laufen. Es war lausig kalt, und die wenigen Laternen an den Wegen spendeten nur ein trübes Licht. Ich spürte einen harten, dumpfen Aufprall am Ohr. Schnee fiel auf den Kragen meiner Daunenjacke. Unsicher schaute ich mich um. Der Park war menschenleer. Wuff sprang an mir hoch und versuchte, mir den Schnee aus dem Gehörgang zu schlecken. „Hör auf damit, Wuff!", befahl ich ihm. „Tut mir leid. Ich habe Sie wirklich nicht kommen sehen." Urplötzlich stand wieder dieser Matze vor mir. Die Wollmütze bis tief über die Brauen gezogen und die Hände in den Taschen seiner ausgebeulten Jogginghose vergraben. „Sie schon wieder?", begrüßte ich ihn betont unfreundlich. So wie er da stand, in einer ungelenken, leicht geduckten Haltung, mit hängenden Schultern und wildem Bartwuchs, flößte mir dieser Kerl nichts als Angst ein. Ich hatte weder Zeit noch Lust auf eine Unterhaltung. Meinen Tagesplan hatte ich der kalten Jahreszeit wegen sowieso schon umschmeißen müssen. Ich hatte noch nicht geduscht, geschweige denn zu Abend gegessen.

„Sitz, mein Freund", hörte ich diesen Matze sagen.

Wuff ließ von mir ab und setzte sich brav neben mich.

„Wie gesagt, tut mir leid, ist wirklich 'ne dumme Angewohnheit."

„Das sagten Sie bereits", gab ich schroff zurück.

Dieser Matze nahm eine Handvoll Schnee und presste daraus einen Schneeball. „Da, wo ich herkomme, vertreibt man sich im Winter die Zeit damit."

Er warf den Schneeball hoch in die verschneiten Baumkronen. Ärgerlich klopfte ich mir den herunterfallenden Schnee von Schultern und Ärmeln. „Womit? Leute mit Schneebällen abzuwerfen?" Ich war nicht sonderlich erpicht darauf zu erfahren, was man dort, wo er herkam, den Rest des Jahres so trieb. „Wissen Sie", räusperte ich mich, „ich möchte nicht, dass Sie meinen Hund ‚Freund' nennen. Er ist auf mich fixiert, und das soll auch so bleiben."

Erneut schmiss dieser Matze einen Schneeball. Diesmal in Richtung der Laternen.

Ich war entsetzt: „Sie hätten beinahe den Glasschutz der Lampe zertrümmert."

Unbeeindruckt sah er an mir vorbei, so, als stünde ich gar nicht da. Entweder ist der Typ nicht ganz dicht – oder er hat etwas zu verbergen, durchfuhr es mich, im schlimmsten Fall beides. Ich fühlte mich nicht wohl in meiner Haut, und Wuff war mir keine wirkliche Hilfe.

„Wissen Sie, da, wo ich herkomme, gibt es nur eine Möglichkeit: Man macht sich möglichst viele Freunde. Dann ist man immer auf der sicheren Seite." Er ließ mich stehen und verschwand in einem der Seitenwege des Parks.

Wo kam dieser schneeballschmeißende Hundeflüsterer denn nur her? Aus dem Vorhof der Hölle? Und was sollte das heißen: Man macht sich möglichst viele Freunde, um auf der sicheren Seite zu sein? Auf Ratschläge eines Mannes seines Kalibers konnte ich getrost verzichten. Ich brauchte keine Freunde.

Wie sehr ich diesen Schnee hasste. Sicher hätte ich mich mittlerweile an ihn gewöhnen müssen, schließlich schneite es seit Winterbeginn fortwährend in einer Tour. Doch was in der letzten Nacht vom Himmel gefallen war, ließ selbst Wuff die Schnauze offen stehen. Es war Samstagmorgen, und ich war sicherheitshalber noch einen Ticken früher als üblich aufgestanden. Im Radio war dieses Wochenende als niederschlagsfrei und mit milden Temperaturen angekündigt worden. Also hatte ich geplant, die womöglich einzigen schneefreien Tage dieses Winters für einen Besuch meiner Schwester, die mit ihrer Familie circa 250 Kilometer von mir entfernt wohnte, zu nutzen.

Hilflos stand ich in meiner Garageneinfahrt und stützte mich auf der Schneeschaufel ab, um nicht vor Schwäche umzufallen. Ich fühlte mich den Schneemassen hoffnungslos unterlegen. Wuff hatte sich schon wieder vergraben. Er würde nicht das Einzige sein, was ich suchen müsste. Von meinem Auto fehlte jede Spur. Dummerweise hatte ich den Wagen am Abend auf der Straße abgestellt, anstatt ihn in der Garage zu parken.

Ich hasste es, wenn die Wettervorhersage irrte. Mein gesamter Zeitplan geriet jetzt schon aus den Fugen, und ich hatte noch 250 Kilometer Autobahn vor mir. Es würde Stunden dauern, bis ich die Karre freigeschaufelt hatte. Von der Straße ganz zu schweigen. Am Wochenende wurden die Zufahrtsstraßen vom Winterdienst nicht geräumt.

„Sie sehen aus, als könnten Sie Hilfe brauchen."

Ich zuckte zusammen.

„Wuff, such Frauchens Auto, los!", rief mein neuer Nachbar über die Straße. In seinem Jogginganzug, die Hände in den Hosentaschen, die Wollmütze über die Ohren gezogen, steckte er vor seiner Haustüre knietief im Schnee und sah zu mir rüber. Wuff kam schwanzwedelnd aus dem Vorgarten meines Nachbarn angerannt. Sekunden später hatte er den rechten Vorderreifen meines Peugeot ausgebuddelt. Ich war erstaunt, wozu mein Hund imstande war.

Ohne ein „Guten Morgen" riss mir dieser Matze die Schneeschaufel aus der Hand und machte sich daran, meine Einfahrt freizuschaufeln. „Gehen Sie rein, bevor Sie sich noch den Tod holen. Wuff und ich machen das schon." Dankbar ging ich ins Haus, um mich aufzuwärmen. Ich schaute diesem Matze vom Küchenfenster aus zu. Seine Hilfsbereitschaft beängstigte mich und ich fühlte mich sicherer, wenn ich ihn im Auge behielt. Ich überlegte, ob es nicht anständig wäre, ihm wenigstens einen Kaffee oder einen Tee anzubieten. Doch ich wollte nicht, dass er sich von mir eingeladen fühlte. Ich brauchte nun mal keine Freunde in meinem Leben. Für Freunde fehlte mir einfach die Zeit. Ich hatte nicht nur meine Arbeit zu erledigen, sondern auch ein großes Haus samt Garten zu versorgen. Und ich hatte Wuff. Freunde waren das Allerletzte, was auf meinen To-do-Listen noch Platz finden würde.

Dieser Mann war mir jedenfalls nicht geheuer. Ständig wich er meinen Blicken aus. Er hatte einen derart steinernen, fast schon finsteren Gesichtsausdruck – und schaute ständig zur Seite, als wollte er vermeiden, dass ich in seinen Gesichtszügen etwas über seinen Lebenswandel ablesen könnte. Dazu seine gebeugte Körperhaltung. Er machte einen einsamen, geknickten Eindruck auf mich. Wirklich glücklich schien er nicht zu sein.

In Windeseile hatte dieser Matze meinen Wagen freigeräumt und mir eine befahrbare Gasse zur Hauptstraße hin geschaufelt. „Danke! Ich weiß gar nicht, was ich sagen soll." Die Sache war mir äußerst unangenehm. Jetzt stand ich in seiner Schuld. Ich würde ihm an einem meiner freien Tage einen Kuchen backen. Irgendwie würde ich diese Gefälligkeit in meinem durchorganisierten Zeitplan „Freie Tage" noch unterbringen können.

„Keine Ursache." Er kraulte Wuff zwischen den Ohren. Der schmiss sich vor Freude in den Schnee und streckte jaulend alle viere von sich. Er mochte es, zwischen den

Ohren gekrault zu werden. Ohne mich weiter zu beachten, klopfte sich dieser Matze den Schnee von seiner ausgebeulten Jogginghose.

„Ich vermute, da, wo sie herkommen, gehört Schneeschieben ebenfalls zum winterlichen Zeitvertreib."

Er stellte den Schneeschieber in der Garage ab. „Gute Fahrt", antwortete er knapp und verschwand genauso schnell, wie er gekommen war.

Bevor ich losfuhr, verriegelte ich die Schlösser der Eingangstüren genau zweimal und kontrollierte alle Fenster. Man kann nie wissen, sicher ist sicher, entschuldigte ich mein übertriebenes Sicherheitsdenken bei meinem Rundgang durch das Haus. Schließlich würde ich über Nacht wegbleiben und wollte weder ein ausgeräumtes Zuhause riskieren noch den merkwürdigen Nachbarn, wie er während meiner Abwesenheit in den Zimmern herumstöberte.

Es war bereits Sonntagnacht, als ich den Wagen in die Garage fuhr. Ein Schneetreiben hatte meinen straffen Zeitplan völlig durcheinandergewirbelt. Dabei waren die Autobahnen im Radio als durchgehend befahrbar gemeldet worden. Ich war an meinem absoluten Tiefpunkt angelangt. Dieser Winter würde mich noch den Verstand kosten.

Wuff bestand nach der stundenlangen Fahrt auf seinem Recht, Gassi zu gehen. Ich wollte vorher nur schnell ins Haus, um meine Notdurft zu verrichten. In Gedanken schon mich erleichternd auf der Toilette sitzend, griff ich in die Manteltasche und suchte den Haustürschlüssel. Ich war mir sicher, ihn als abgehakten Punkt auf meiner Liste in meine Manteltasche gesteckt zu haben.

Hektisch lief ich zum Auto und durchwühlte die Handtasche. Meine Blase drückte erbarmungslos. Ärgerlich schüttete ich den gesamten Inhalt auf dem Beifahrersitz aus. Dieser Schlüssel musste doch zu finden sein. Ich durchsuchte den ganzen Wagen. Der Schlüssel blieb verschwunden.

„Stimmt was nicht?", stand dieser Matze plötzlich in der Fahrertür.

„Meine Güte, erschrecken Sie mich doch nicht immer so", fuhr ich zusammen und schlug mir mit der flachen Hand auf das Herz. „Mein Haustürschlüssel ist verschwunden." Ich war den Tränen nahe. „Wie sind Sie denn ohne Schlüssel gefahren?"

„Ich verwahre Auto- und Haustürschlüssel immer getrennt voneinander auf. Aus Sicherheitsgründen." Kopflos wühlte ich in dem ausgebreiteten Tascheninhalt auf dem Beifahrersitz. „Ich muss ihn bei meiner Schwester liegen gelassen haben", mutmaßte ich, „oh nein, wissen Sie, was ein Schlüsseldienst um diese Uhrzeit kostet?" Ich stand kurz vorm Kollabieren.

„Den brauchen Sie nicht. Geben Sie mir eine Karte."

„Eine Karte?", fragte ich verständnislos und tippelte auf der Stelle hin und her. Meine Blase stand kurz vorm Platzen.

„Ja, irgendeine, Scheckkarte, Versichertenkarte oder so'n Zeugs."

„Was haben Sie vor?"

„Ich öffne die Haustür damit."

„Funktioniert das denn? Ich habe zweimal verriegelt", traute ich mich kaum auszusprechen. Es war das erste Mal, dass ich in seine Augen sehen konnte. Augen, aus denen mir die pure Verachtung entgegenschlug, und die mich trafen wie ein Fausthieb in die Magengegend.

„Aus Sicherheitsgründen, was?"

Ich wusste vor Verlegenheit nicht, wo ich hinschauen sollte.

„Wuff, bei Fuß, Frauchen braucht deine Hilfe. Los, mein Freund, such eine Einstiegsmöglichkeit." Wuff streckte den

Kopf aus seinem Schneeversteck und verschwand schwanzwedelnd hinter dem Haus. Minuten später bellte er wild.

„Ich glaube, er hat was gefunden."

„Das ist unmöglich", stammelte ich.

„Sie trauen Ihrem Hund nicht viel zu."

Wuff kam um die Ecke geschossen, sprang an mir hoch und verschwand wieder.

„Wir sollten ihm nachgehen."

Es war eingetreten, wovor ich mich am meisten gefürchtet hatte. Ich zitterte am ganzen Körper. „Ich hatte gehofft, Wuff findet diese Stelle nicht", jammerte ich mit einem Kloß im Hals.

„Welche Stelle?", fragte dieser Matze und suchte das Mauerwerk ab.

„Die Wand hier unten besteht nur aus notdürftig genagelten Holzlatten. Ich hatte immer Angst, dass Wuff die Latten nach außen drücken und weglaufen würde."

„Sie glauben doch nicht im Ernst, Wuff hätte das Schlupfloch nicht bemerkt?"

„Ich hätte schwören können, dass er nichts davon weiß. Warum ist er dann nicht längst abgehauen? Er ist die meiste Zeit alleine. Kein Hund ist gerne alleine."

„Wuff schert sich um so etwas nicht. Er wird Sie nicht im Stich lassen, weil er Sie liebt. So einfach ist das." Und schon trat dieser Matze mit dem Absatz gegen die Latten, die auch sogleich zerbarsten.

„Klettern Sie rein. Ich hole Werkzeug, um das Loch fürs Erste wieder zu schließen. Den Rest erledige ich morgen." Dieser Matze verschwand in der Dunkelheit. Eine Zeitlang lag ich noch wach. Ich hatte die Kontrolle abgegeben, an einen Mann, dem ich nicht über den Weg traute, und der nun die Schwachstelle meines Hauses kannte. Was, wenn er die Situation schamlos ausnutzte und plötzlich neben meinem Bett auftauchen würde, um den Lohn für seine Gefälligkeiten einzufordern?

Mein Weihnachts-Countdown lief. Noch genau vier Tage bis zum Heiligen Abend. Der Baum stand bereits auf der Veranda. Ich war nun mal Perfektionistin. Und wenn eines perfekt sein musste, dann mein Weihnachtsbaum. Es brachte nichts, aus Sparsamkeit erst kurz vor Toresschluss einen Baum zu kaufen. Diese bittere Erfahrung hatte ich schon machen müssen. Stunden vor der Bescherung wurden nur noch Krüppelkiefern verramscht. Da ich mich aber zwingend an meinen Zeitplan halten musste und ich den Baum traditionell bereits am Tag vor Heiligabend schmückte, stellte ich mir schon einige Wochen vorher den Christbaumschmuck parat, um ja nicht in Zeitverzug zu geraten. Alles klappte wie am Schnürchen. Jede Kugel hing exakt an ihrem Platz und mit Lametta hatte ich wie immer nicht gegeizt. Stolz betrachtete ich nach Stunden mein Werk.

Eine deckenhohe, über und über behangene Tanne stand in voller Pracht mitten in meinem großzügig geschnittenen Wohnzimmer. Vor Freude tanzte ich ausgelassen um den festlich herausgeputzten Baum. Wuff tat es mir schwanzwedelnd gleich. „Gleich wirst du hell erstrahlen", summte ich mit dem Stecker in der Hand. Es gab einen lauten Knall, dicht gefolgt von sprühenden Funken. Wuff hatte vermutlich aus Langeweile das Kabel angeknabbert. Mein Weihnachtsbaum stand lichterloh in Flammen und ich bekam einen Schreikrampf.

Dieser Matze schnappte sich eine meiner sündhaft teuren Kuscheldecken vom Sofa.
„Was tun Sie denn da?", brüllte ich ihn völlig neben mir stehend an, ohne mich zu fragen, wie er überhaupt ins Haus gekommen war.
Er warf die Decke über den Baum, trat ihn um und legte eine nach der anderen Decke ausgebreitet über die Flammen, um sie dann auszutreten. Er bekam den Brand tatsächlich ge-

löscht. Dieser Matze verschwand durch die Wohnzimmertür. Er konnte mich doch jetzt nicht alleine lassen!

Ich starrte fassungslos auf die glimmenden Überreste meines Weihnachtsbaumes. „Das kriegen wir schon wieder hin", versuchte mich mein Nachbar, der mit dem Feuerlöscher in der Hand zurückkam, zu beruhigen.

„Was haben Sie vor?"

Ich war völlig außer mir.

„Einen Brand zu löschen", antwortete er für meinen Geschmack unangebracht ironisch.

„Nein, hören Sie auf damit!" Ich stellte mich ihm in den Weg und versuchte, ihm den Feuerlöscher aus den Händen zu reißen. Wuff verkroch sich unter das verrußte Sofa. „Sie versauen ja alles", keifte ich hysterisch.

„Glauben Sie allen Ernstes, dass ich meinen Kopf dafür herhalte, wenn Ihnen die Hütte heute Nacht bis auf die Grundmauern abfackelt?"

Hilflos musste ich mit ansehen, wie mein Wohnzimmer im Löschschaum versank.

Nach Luft schnappend saß ich wimmernd auf meinem schaumdurchtränkten, angebrannten Teppichboden und schlug die Hände vors Gesicht. „Das ist nicht fair. Ich hatte nicht mal Zeit, mich auf so eine Katastrophe vorzubereiten."

„Katastrophen kündigen sich in den seltensten Fällen vorher an. So ist das Leben." Dieser Matze stellte den Feuerlöscher ab und öffnete die Fenster. „Wir werden morgen früh sehen, was zu retten ist."

„Morgen früh schon? Ich muss mir erst einen genauen Zeitplan erstellen. Dafür fehlt mir aber einfach die Zeit", hustete ich.

„Das ist übel", erwiderte dieser Matze ungerührt und verschwand. Da saß ich mutterseelenallein und am Rande eines Nervenzusammenbruchs. Wuff lugte mit großen Augen unter dem Sofa hervor.

„Wuff! Sieh, was du angerichtet hast!", ließ ich meinen Frust raus, „du bist ein böser Hund!"

Ich stellte mich unter die Dusche, um mir den Brandgeruch abzuwaschen. Dann legte ich mich ins Bett. Die Schlafzimmertür ließ ich für Wuff einen Spalt weit offen. Seit ich Wuff zu mir geholt hatte, schlief er jede Nacht am Ende des Bettes. Völlig erschöpft schlief ich ein. Als ich am Morgen aufwachte, war der Hund verschwunden.

„Hier ist nichts mehr zu retten", sah dieser Matze mich an, als ich gähnend die Treppe runterstolperte und er ganz selbstverständlich meine gesamte Wohnzimmereinrichtung vor die Haustüre schleppte.

„Wie sind Sie in mein Haus gekommen?"

„Die Tür stand offen."

Was? Ich hatte die Nacht über die Haustüre offen stehen lassen? Hatte ich in diesem Haus überhaupt noch etwas unter Kontrolle?

„Das Wohnzimmer muss tapeziert werden", ließ er mich wissen und kramte ein Teppichmesser aus der Hosentasche.

„Wollen Sie mich auf den Arm nehmen? Wie soll ich das denn in nur zwei Tagen hinbekommen? Ich habe noch nie eine Tapete an die Wand geklebt!"

„Hören Sie! Es gibt Schlimmeres im Leben", hockte er sich hin und begann, den Teppichboden in quadratische Stücke zu schneiden. „Ich muss heute Abend auf die Betriebsweihnachtsfeier, mein Wohnzimmer ist eine abrissreife Räucherkammer und Heiligabend stehe ich ohne Weihnachtsbaum da." Entmutigt setzte ich mich auf den Treppenabsatz und heulte hemmungslos. „Sagen Sie mir, was kann es Schlimmeres geben?", schluchzte ich auf.

„Sehen Sie es so: Ihr Schutzengel scheint gut aufgepasst zu haben. Wuff und Ihnen ist nichts passiert. Das Ganze hier hätte auch anders ausgehen können."

„Schutzengel? Ein Mann wie Sie glaubt an Schutzengel?"
„Da, wo ich herkomme, ist es sehr sinnvoll, mindestens einen an der Seite zu haben."

In letzter Sekunde hatte ich mich auf den Weg zur Weihnachtsfeier gemacht, der ich nicht fernbleiben konnte. Ich war die einzige von drei Mitarbeiterinnen der Reklamationsabteilung. Den ganzen Tag lang hatte ich mit diesem Matze Tapeten von den Wänden gerissen und den Teppichboden entsorgt. Grübelnd saß ich im Wagen. Ein Kerl, der so undurchsichtig war wie eine gepanzerte Tür und der an Schutzengel glaubte, war dabei, mein Wohnzimmer zu renovieren. Einen Bretterverschlag aufzutreten oder die Einfahrt vom Schnee freizuschaufeln waren bestimmt krafttraubende Tätigkeiten, doch Tapezierarbeiten waren nichts für Grobmotoriker. Dieser Matze würde hoffnungslos überfordert sein mit der Renovierung und frühzeitig den Quast fallen lassen, und ich stünde an Weihnachten in einem halbfertigen Wohnzimmer.

Es musste wohl so etwas wie ein Filmriss gewesen sein. Frierend lag ich auf der Pritsche und wartete darauf, dass mein Nachbar mich abholte. Nur noch bruchstückhaft konnte ich mich an den gestrigen Abend erinnern: Ein Streifenwagen hatte mich auf dem Nachhauseweg angehalten, weil ich verdächtige Schlangenlinien fuhr. Da ich mich beim Blasen in den Alkoholtester zu blöd angestellt hatte, wurde ich direkt auf das Revier zur Blutentnahme gefahren. Trotz meiner Gegenwehr, ich schlug einem der Beamten ins Gesicht und trat nach seinem Kollegen, schob man mich hier in die Ausnüchterungszelle. Wegen meines Gewaltausbruches steckte man mir das Telefon durch die Gitterstäbe, um mich zu Hause anrufen zu lassen. Tatsächlich hob dieser Matze den Hörer ab. Er war um diese Uhrzeit immer noch in meinem Haus, mit meinem Hund!

„Ist kein großes Ding. Da, wo ich herkomme, haben die Leute sich mit viel härteren Sachen weggeschossen. Schlafen Sie Ihren Rausch aus, Sie sind dort in guten Händen. Ich komme Sie morgen früh holen."

„Warten Sie! Hey, Matze! Das können Sie doch nicht tun!", rief ich verzweifelt, doch er legte einfach auf.

„Passt etwa Matze auf Ihr Haus auf? Da machen Sie sich mal keine Sorgen, Gnädigste, bei dem sind Sie in guten Händen", grinste der wachhabende Beamte und schloss die Zelle ab. Hatte dieser Matze nicht gerade auch behauptet, er wisse mich hier in guten Händen?, brummte es in meinem Schädel. Und wieso lobte der Polizist diesen Matze in so hohen Tönen? Woher kannte er ihn überhaupt? Das Grübeln strengte mich zu sehr an. Mir war speiübel.

Als dieser Matze die Gitterstäbe umfasste, sah ich ihn zum ersten Mal lachen.

„Gut geschlafen?", grinste er.

Der Beamte klimperte mit dem Schlüsselbund. „Eine schöne Nachbarschaft hast du dir da ja ausgesucht, Matze." Die Zellentür sprang quietschend auf.

„Bringen Sie mich nach Hause. Ich will in mein Bett", zu mehr Konversation war ich nicht aufgelegt.

Es war mein eigenes Auto, in das mich nun dieser Matze irgendwie bugsierte. Heilfroh kletterte ich auf den Beifahrersitz. „Was für ein beklemmendes Gefühl, in dieser kahlen Zelle eingesperrt zu sein."

„Ich weiß."

„Was wissen Sie?" Schlagartig war ich nüchtern. „Haben Sie etwa im Knast gesessen?"

„Ja, genau wie Sie."

„Ich? Ich bin völlig zu Unrecht eingesperrt worden!"

„Sie haben sich betrunken hinters Steuer gesetzt. Und jetzt behaupten Sie, Ihnen wäre Unrecht widerfahren?"

Ich hielt mir den Kopf. Nicht einen klaren Gedanken konnte ich fassen. „Wie lange?"

„Wie lange was?"

„Wie lange haben Sie gesessen?"

„Zwanzig Jahre."

„Zwanzig Jahre?" Ich wischte mir den Angstschweiß von der Stirn. „Ich wusste doch gleich, dass mit Ihnen etwas nicht stimmt. Daher kennen Sie sich also, der Streifenpolizist, der Wärter und Sie", fügte ich panisch die Puzzleteile zusammen. „Halten Sie auf der Stelle an, ich will sofort aussteigen."

„Kein Problem." Dieser Matze trat auf die Bremse. Der Wagen schlingerte, bevor er auf der verschneiten Fahrbahn zum Stehen kam. Dieser Matze drehte seinen Kopf zu mir: „Mit mir stimmt was nicht, he?" Da war er wieder, dieser verachtende Blick. „Na prima, dann sind wir ja schon zu zweit."

Ich wandte mich von ihm ab und ruckelte an der Beifahrertür. Er griff meine Hand und riss mich zu ihm rum.

„Lassen Sie mich los! Ich muss mich übergeben!" Hektisch rüttelte ich an der Beifahrertür. „Vergessen Sie es. Die Tür ist zugefroren. Sie haben vergessen, die Dichtungen einzuschmieren. Das hat wohl nicht in Ihren Zeitplan gepasst."

Ich schaffte es gerade noch, die Scheibe herunterzukurbeln. „Na, erleichtert?"

Ich kurbelte die Scheibe wieder hoch und vermied den Blickkontakt. Dieser Matze schlug mit der Faust auf das Lenkrad.

„Hören Sie auf damit, Sie machen mir Angst", forderte ich ihn mit bebender Stimme auf.

„Ich soll aufhören? Womit?"

Mein Herz schlug mir bis zum Hals. Ich hatte einen ehemaligen Strafgefangenen neben mir sitzen, der gerade die Beherrschung verlor.

„Jetzt hören Sie mir gut zu: Wer von uns hat gestern Abend auf der Weihnachtsfeier den Eierpunschvorrat einer Kleinstadt leergesoffen? Ich oder Sie? Und das alles nur, weil dieser dämliche Weihnachtsbaum abgebrannt ist und Ihren Zeitplan über den Haufen geworfen hat."

„Meine Wohnung stand in Flammen, und das alles, weil Wuff unbedingt das Kabel anbeißen musste", suchte ich nach einem Schuldigen für meine zugegeben fatale Lage, in die ich mich selbst gebracht hatte.

Wieder schlug dieser Matze auf das Lenkrad. Mein Leib schlotterte derart, dass mir die Zähne laut aufeinanderschlugen. Mir kamen Zweifel, ob mir in meinem momentanen Zustand eine Flucht gelingen würde. Der heiße Atem meines Nachbarn ließ die Scheiben beschlagen. „Ich mache Ihnen Angst?" Dieser Matze lachte schrill auf. „Das ist gut, das ist sogar sehr gut. Dann wissen Sie, wie sich Wuff fühlt. Der arme Kerl sitzt total verstört unterm Sofa. Er hat seit Stunden nicht das Bein gehoben. Hoffentlich schifft er Ihnen eine ordentliche Lache in die gute Stube." Darauf wusste ich nichts zu antworten. Ich hatte schon einige Männer an mir verzweifeln sehen. Doch keiner von ihnen hatte einen so gewaltigen Gefühlsausbruch hingelegt. Alle waren einfach gegangen. Stiekum waren sie verschwunden, wenn ich abends von der Arbeit nach Hause kam.

„Sie wissen gar nicht, was Sie dem Tier angetan haben", haute dieser Matze weiter in die gleiche Kerbe. „Wen wundert's, dass Sie keinen Zweibeiner abbekommen." Ein Wagen hupte hinter uns. Dieser Matze ließ den Motor aufheulen und fuhr mit durchdrehenden Reifen los. Ohne mich weiter zu beachten, parkte er in der Einfahrt. Er knallte die Autotür hinter sich zu, verschwand über die Straße und ging schnurstracks auf sein Haus zu.

„Meine Tür lässt sich immer noch nicht öffnen", rief ich ihm aus dem Wagen hinterher.

„Dann steigen Sie zur Fahrertür aus", brüllte er zurück.

Ich begann, mich durch den Wagen zu quetschen, als dieser Matze mit einem Ruck die Beifahrertür aufriss.

„Ich bin noch nicht ganz fertig mit Ihnen." Ich wusste seinen Blick immer noch nicht einzuordnen. „Was haben Sie vor? Wollen Sie mich erschießen?", bot ich ihm die Stirn.

„Keine schlechte Idee."

Meine Nachbarin, schoss es mir durch den dröhnenden Schädel. Ich sah ihn ungläubig an: „Haben Sie meine Nachbarin erschossen?"

„Na, das wär doch mal 'ne Schlagzeile: ‚Kaltblütiger Mörder zieht in das leer stehende Haus gegenüber einer Tussi mit 'ner Riesen-Macke – und knallt sie ab, weil sie ihn zur Weißglut bringt!'

„Sie haben kein Recht, über mich zu urteilen."

„Hab ich nicht? Sie haben Ihr Urteil doch schon bei unserer ersten Begegnung gefällt, genauso wie die Kripo bei meiner Festnahme vor zwanzig Jahren." Dieser Matze nahm eine Handvoll Schnee vom Autodach, formte ihn und schmiss die Kugel weit über das Hausdach.

„Ich scheine mich wohl geirrt zu haben."

„Genau das hat der Richter, der mich damals verurteilt hat, bei meiner Freilassung auch gesagt." Seine Verbitterung war nicht zu überhören.

„Und jetzt wohnen Sie in dem Haus, in dem ein Mord geschehen ist. Und für den Sie eingesessen haben, obwohl Sie unschuldig waren?"

Ein weiterer Schneeball flog. „Man hat mir das Haus geschenkt. Als Wiedergutmachung."

„Wie makaber ist das denn?"

„Es ist auszuhalten. Mein Schutzengel ist ja mit eingezogen. Er hält mir die bösen Geister vom Leib."

Wieder flog ein Schneeball. „Sie scheinen ihm allerdings durch die Lappen gegangen zu sein."

Ich duschte und verkrümelte mich ins Bett. Die Ereignisse überschlugen sich. Das war ich so nicht gewohnt. Ich brauchte dringend Ruhe. Wie immer ließ ich die Schlafzimmertür einen Spalt weit offen, für Wuff. Als ich aufwachte, war es draußen dunkel. Ich tastete die Bettdecke ab. Wuff war nicht da. Ich schlüpfte in meinen Morgenmantel. Benommen schlich ich die Treppe herunter. Ich hatte keine Ahnung, wie lange ich geschlafen hatte. Gut möglich, dass ich schon Tage im Bett lag. Der Geruch von Braten und frischem Gebäck stieg mir in die Nase, gemischt mit einer strengen Note frischer Farbe und eigenartigen, undefinierbaren Gerüchen. Entweder war ich immer noch betrunken oder ich träumte. Ein seltsames Gefühl von Geborgenheit umhüllte mich mit jeder Stufe, die ich hinunterging. Mir war, als hätte sich etwas Altes aus dem Haus verabschiedet, um Raum für Neues zu schaffen.

Die Tür zum Wohnzimmer stand ein Stück weit offen. Dieser Matze schob sich durch den Türspalt. Auf dem Treppenabsatz blieb ich stehen. Ich musste ganz sicher noch träumen. Es konnte nicht sein, dass er nach unserer Auseinandersetzung freiwillig wieder in dieses Haus zurückgekehrt war. Mein Nachbar machte die Wohnzimmertür ganz auf. Was ich sah, haute mich um. Wankend vor Glück betrat ich das Zimmer. Der Tisch war festlich gedeckt. Vor mir erstrahlte ein riesiger, prächtig geschmückter Weihnachtsbaum, neben dem Wuff lammfromm saß und mich mit seinen großen Kulleraugen anschmachtete.

„Gefällt er Ihnen?", schaute mich dieser Matze erwartungsvoll an.

„Machen Sie Witze? Er ist einfach umwerfend. Dieser Baum übertrifft alle, die ich jemals hatte", schluckte ich zutiefst gerührt. „Ich bin sprachlos. Wie haben Sie denn das alles in so kurzer Zeit hinbekommen?"

„Nun ja, ich habe mir zuerst einen Zeitplan erstellt", griente er, „und mir dann Hilfe in der Nachbarschaft geholt."

„Sie haben was?"

„Wussten Sie, dass am Ende der Straße ein Maler und Anstreicher wohnt? Und dass dem Ehepaar nebenan mal ein Lokal gehörte?"

„Nein", gab ich verblüfft zu.

„Ich bin von Tür zu Tür gegangen, habe geklingelt, mich vorgestellt, von Ihrer beschissenen Lage erzählt und um Hilfe gebeten."

„Das haben Sie nicht getan ..."

„Und ob. Der Malermeister hat tapeziert. Die beiden älteren Herrschaften von nebenan backten Plätzchen wie am Fließband und haben mich einem Schnellkochkurs unterzogen. Danach hat mir die nette Dame sogar noch beim Saubermachen geholfen. Wie auch die beiden Lesben, die schräg gegenüber wohnen."

„Aha", stieß ich ungläubig hervor.

„Der Landschaftsgärtner hat mir seinen Pritschenwagen zur Verfügung gestellt, damit ich die Möbel transportieren konnte. Und er hat mir seine beiden Azubis vorbeigeschickt, die mir beim Aufbauen geholfen haben. Alle freuen sich übrigens über die Einladung zu Ihrer Silvesterparty."

„Silvesterparty?", haspelte ich verständnislos.

„Ich dachte, dass es nur recht und billig ist, den Leuten für ihre spontane Hilfe zu danken. Eine Silvesterparty fand ich da sehr naheliegend."

Wuff wedelte vor Aufregung mit dem Schwanz, immer noch sah er mich mit seinen treuen Hundeaugen flehend an. Ich kraulte ihn zwischen den Ohren als Zeichen der Versöhnung. Als er erleichtert an mir hochsprang, war das wohl zu viel für seine überfüllte Blase und er entleerte sich. Mit eingezogenem Schwanz verdrückte er sich wieder unters Sofa.

„Wuff muss dringend Gassi gehen", kommentierte ich lachend das Malheur. Ich brauchte frische Luft, um mich zu sortieren. Wie mein Nachbar da stand: Gestreckt und frisch rasiert, mit offenem Blick und entspannten Geschichtszügen. Er sah rundum glücklich aus. „Im Morgenmantel?", hörte ich ihn beim Rausgehen hinterherfragen und zog die Haustür schnell hinter mir zu. Es schneite, und die Flocken wirbelten im Schein der Laternen genauso wild umher wie meine Gefühle. Wuff hatte ich sicherheitshalber an die Leine gelegt. Bei den eisigen Temperaturen hatte ich keine Lust, im Morgenmantel nach ihm suchen zu müssen.

Meine Emotionen schlugen Purzelbäume. Ich hatte die Kontrolle abgegeben und es machte mir nichts aus. Eher das Gegenteil war der Fall. Dieser Matze gab mir Sicherheit. Ein Gefühl, nachdem ich mich immer gesehnt hatte. Selbst die Silvesterparty konnte mich nicht wirklich schockieren. Auf einmal freute ich mich, so nette Menschen in meiner Nachbarschaft wohnen zu haben und sie bald kennenzulernen. Matze war der einzige Mann, der nicht Reißaus vor mir genommen hatte. Ich wünschte mir zum ersten Mal, dass ein Kerl bei mir bleiben würde. Für immer. Ich hasste es, alleine zu sein.

Ich schüttelte mir den Schnee vom Morgenmantel, nahm all meinen Mut zusammen und ging zurück in das heimelige Wohnzimmer. Matze hatte das Licht gelöscht. Nur die kleinen Lämpchen am Weihnachtsbaum brannten, und vereinzelt ein paar Kerzen, die er im Raum verteilt hatte, während ich mit Wuff draußen gewesen war. Er legte frisches Holz auf den Kamin. Es knisterte. Ohne weiter zu überlegen, sah ich ihn an.

„Ich dachte, Sie hassen die eisige Kälte und den Schnee", kam er verdächtig langsam auf mich zu. „Wie kommen Sie dann auf die verrückte Idee, im Morgenmantel vor die Tür zu gehen?" Das Funkeln in seinen Augen ließ mich erschauern. Meine Lippen näherten sich seinen, als er vor mir stand und wie selbstverständlich seine Arme um meine Hüften legte. Es schien ihm nichts auszumachen, von mir geküsst zu werden. Jedenfalls wehrte er sich nicht. Langsam löste er seinen Kuss und umfasste mein Gesicht mit seinen kräftigen Händen.

„Endlich siehst du glücklich aus. Das war alles, was ich wollte, als ich dich zum ersten Mal morgens auf der Straße getroffen habe: dich glücklich zu sehen!"

„Ich habe unglücklich ausgesehen?"

„Oh ja, das hast du. Doch jetzt strahlst du." Seine Lippen verloren sich auf meinen. Ungern gab ich seinen Mund wieder frei.

„Woran denkst du?", sah er mich an.

„Ich bin noch nie so geküsst worden", atmete ich tief ein.

Lässig zuckte er die Schultern. „Also, da, wo ich herkomme ..."

„Pscht", legte ich meinen Finger auf seine Lippen, „spar dir die Erklärung!"

5 Weihnachten und 1 Notfall

Ich schob mir den heruntergerutschten Träger meines Minikleides wieder über die Schulter. Noch einen Schluck von diesem herrlich kühlen „Sex on the Beach", und dann ging es zurück auf die Tanzfläche. „All I want for Christmas is you" klang es aus den Boxen und ich wippte bei 25 Grad aufreizend mit meinen Hüften dazu. Von Kindesbeinen an träumte ich davon, das Fest der Feste an den unterschiedlichsten Orten der Welt zu feiern. Hauptsache warm. Sehr warm!

Von meinem Verdienst als Krankenschwester in der Notaufnahme hatte ich mir in den letzten Jahren ein paar Euro zur Seite gelegt. Und so konnte ich mir nun endlich den lang gehegten Traum von der Südseeweihnacht erfüllen. „Yeah!" Ich riss die Arme in die Höhe. „Last Christmas." Ja, letztes Jahr an Weihnachten hatte ich noch im Matsch und Schnee gesessen, doch nun feierte ich das Fest ganz nach meinem Geschmack. „Garantiert familienfrei, dafür Singles im Überfluss", wurde mir der Club vom Reisebüro um die Ecke empfohlen.

*

Genauso war es. Niemand, mit dem ich seit meiner Ankunft gesprochen hatte, steckte in einer festen Beziehung, meine Wenigkeit natürlich eingeschlossen.

Angefangen bei dem noblen Einzelzimmer, über die verschiedenen Bars und Restaurants, war die gesamte Anlage ein Paradebeispiel von Großzügigkeit und Luxus. Wenn ich hier nicht entspannt die Seele baumeln lassen konnte, wo sonst? Für den morgigen Heiligen Abend wurde auf einem Banner in der Eingangshalle mit einer Partynacht der Superlative geworben. Ich war gespannt wie ein Flitzebogen. Doch für heute hieß es erst einmal tanzen, bis der Arzt kommt. Die Sterne funkelten und der Vollmond strahlte. Was für eine Kulisse! „Thank God it's Christmas!" Barfuß schlenderte ich durch den warmen Sand an die Strandbar und bestellte mir zur Abkühlung noch einen Cocktail. „An keinem Ort der Welt ist der Himmel bei Nacht so klar wie hier auf Hawaii."

Erstaunt drehte ich mich um. Neben mir stand, wie aus dem Nichts, wohl einer der attraktivsten Männer, die gegen Ende der Sechziger am Mutterbusen angedockt gewesen waren.

„Ist das so?", fragte ich neugierig. „Ich bin bis jetzt noch nicht viel herumgekommen. Ehrlich gesagt ist das hier mein erster Auslandsaufenthalt."

„Ich habe als Chirurg lange Zeit in den Staaten gearbeitet."

„Sie sind Arzt?" Ich war baff. Hatte ich nicht eben noch tanzen wollen, bis einer kommt? Das ging ja schneller, als ich dachte. „So ein Zufall, ich arbeite als Krankenschwester in der Notaufnahme."

„Unsere Berufe lassen nicht viel Spielraum für eine Partnerschaft, oder?"

„Nein", zögerte ich. Schüchtern war der Doktor ja nicht gerade. Aber er hatte recht, es war ein äußerst schwieriger Balanceakt, Schichtdienst und Partnerschaft auf Dauer unter einen Hut zu bringen. „Leider haben die Wenigsten Verständnis für einen ständig wechselnden Dienstplan", stimmte ich ihm nickend zu.

„Dann sind Sie also solo?"

Hoppla, hier fiel aber jemand mit der Tür ins Haus. „Sicher, deshalb habe ich mich auch für diesen Club entschieden", antwortete ich, ohne zu überlegen.

„Das war für mich auch der ausschlaggebende Grund. Keiner ist hierhergekommen, um eine Verpflichtung einzugehen. Man kommt alleine, und man reist alleine wieder ab."

„Hallo Miss, Ihr ‚Sex on the Beach'!", schob der Barkeeper mir den Cocktail entgegen. Lässig griff ich nach dem bauchigen Glas und merkte aus dem Augenwinkel, wie der Doktor mich ganz unverblümt von der Seite musterte.

„Ist es nicht langweilig, eine Sache zu trinken, die in die Tat umgesetzt werden kann?", zwinkerte er mir zu.

Beinahe hätte ich mir den Cocktail über die Beine gegossen. „Kommen Sie immer gleich zur Sache?", schoss es aus mir raus.

„Wozu Zeit verschwenden?", grinste er unverschämt zurück. Weder wartete zu Hause jemand auf mich, dem ich ewige Treue geschworen hätte, noch war ich in der Hoffnung angereist, dass mir hier der Mann meines Lebens über die Füße laufen würde. Sicher wollte ich hemmungslos flirten und meinen Spaß haben. Aber für so einen Draufgänger war ich mir dann doch entschieden zu schade.

„Tut mir leid, Herr Doktor, aber ich gehe lieber wieder tanzen."

Als ich im Morgengrauen die Tanzfläche verließ, stand er immer noch da. An der Bar. Alleine.

Ich frühstückte auf der Panoramaterrasse und genoss die atemberaubende Aussicht auf den Pazifik.

„Guten Morgen, darf ich?", drang es durch das Rauschen der gewaltigen Wellen zu mir durch. Der zielstrebige Doktor von gestern Abend stand mit einem beladenen Frühstücksteller vor mir. Ohne eine Antwort abzuwarten, stellte er den Teller ab und setzte sich mir gegenüber. Zu meiner Überraschung musste ich mir eingestehen, dass mich seine Gegenwart ein wenig nervös machte.

„Du scheinst wohl nicht auf ein flüchtiges Abenteuer aus zu sein?" Mir blieb der Bissen im Hals stecken. Er hatte es ja sehr eilig, an das Gespräch von gestern Abend anzuknüpfen. „Nein, was diese Sache anbelangt, bin ich ganz und gar nicht abenteuerlustig."

„Also ich bin eher auf etwas Lockeres aus. Da laufe ich nicht Gefahr, als Aushängeschild benutzt zu werden."

Was es hieß, im Namen der Liebe benutzt zu werden, hatte ich über Jahre am eigenen Leib erfahren dürfen. Allerdings war ich nicht scharf darauf, meine schlechte Erfahrung mit einem Weiberhelden auszudiskutieren, der es anscheinend nur auf ein Matratzen-Abenteuer angelegt hatte. Ich stand auf und nahm mein Tablett. Es war an der Zeit, diesen Südsee-Don-Juan unmissverständlich in seine Schranken zu weisen. „Wo wir schon beim Du angelangt sind. Ich habe keine Ahnung, mit welchem Typ Frau du dich für gewöhnlich abgibst, aber ich pflege meine eigenen Visitenkarten zu verteilen." Was machte ich hier eigentlich? Ich legte Rechenschaft vor einem Schürzenjäger ab. Hatte ich das nötig?

Von nun an würde ich ihn einfach ignorieren.

Die restlichen Tage auf Hawaii vergingen viel zu schnell. Ich hatte die Insel auf eigene Faust teils zu Fuß und teils mit dem Rad erkundet. Sogar an einem Surf Kurs habe ich mich rangewagt. Natürlich in der Hoffnung, auf der perfekten Welle schlechthin zu reiten. Der Illusion bin ich beraubt worden.

Verzichten möchte ich auf die Erfahrung, auf einem Brett gestanden zu haben, allerdings nicht. Schließlich habe ich es sogar geschafft, mich aufrecht zu halten, wenn auch nur für Bruchteile von Sekunden. Nach einer ausgelassenen, feuchtfröhlichen Sylvester-Party am Strand – mit einem gigantischen Sonnenaufgang – hieß es für mich am Neujahrsmorgen schon wieder Abschied nehmen.

In aller Frühe saß ich gähnend in der Abflughalle. „Alles Gute für das neue Jahr", winkte mir der Doktor vom Abfertigungsschalter aus zu.

„Das wünsche ich dir auch", grüßte ich mit einem wehmütigen Stechen in der Brust zurück. Wenn ich ehrlich war, hatte ich seiner anziehenden, direkten Art nur schwer widerstehen können. Er nahm den Flug Richtung Süden. Ich musste in die entgegengesetzte Richtung und würde ihn nie wiedersehen.

*

Der Alltagstrott hatte mich schnell wieder eingeholt. Manchmal, wenn ich an die schöne Zeit auf Hawaii dachte, hatte ich das Gesicht des Doktors vor Augen und wünschte mir, ich könnte die Zeit zurückdrehen. Vielleicht hatte ich ihn vorschnell verurteilt. Gut möglich, dass er sich – genau wie ich – nur einen Schutzwall aufgebaut hatte, hinter dem er sich verbarg. Doch darüber weiter zu sinnieren, lohnte nicht.

Im darauffolgenden November schaute ich wieder im Reisebüro vorbei. „Hallo, junge Dame, wir kennen uns doch", wurde ich nett begrüßt. „Sie haben gar keine Rückmeldung gegeben. Wie war Ihr Hawaii-Urlaub?"

„Einmalig, sensationell, einfach unvergesslich", schwärmte ich, „vielen Dank für die fachmännische Beratung."

„Aber bitte, gern geschehen. Was kann ich heute für Sie tun?"

Ich zog einen der Prospekte aus dem Aufsteller und nahm Platz.

„Soll es wieder Hawaii sein?"

Angestrengt blätterte ich in dem Urlaubsheftchen. „Nein, diesmal nicht."

„Sie klangen aber gerade noch ganz überwältigt."

Ich legte den Prospekt zur Seite. „Das bin ich auch immer noch. Doch in diesem Jahr gibt mein Budget nicht so viel her. Ein Totalschaden hat meine Urlaubskasse schrumpfen lassen."

„Oh, ich verstehe", warf mir die freundliche Reiseverkehrsfrau einen mitfühlenden Blick zu. „Was schwebt Ihnen denn vor?"

„Ich will ehrlich sein. Gut, günstig und wenigstens ein paar Sonnenstrahlen", äußerte ich zurückhaltend meine Wünsche. „All-inclusive wäre diesmal auch nicht schlecht", fügte ich sicherheitshalber noch hinzu.

*

Diese Bio-Sauna hatte es in sich. Ich wischte mir den Schweiß aus dem Gesicht, wickelte mir mein Handtuch um und beschloss, ins Dampfbad hinüberzugehen.

Dieses vom Reisebüro empfohlene Hotel an der türkischen Riviera war bei Weitem nicht mit dem Club auf Hawaii zu vergleichen. Doch Grund zur Beschwerde gab es keinen. Eine angenehme, überschaubare Zahl an Urlaubern verbrachte die Festtage hier, und kulinarisch war ich bestens versorgt. Um im Meer zu schwimmen, war es zwar zu kühl, aber die Wohlfühl-Oase des Hotels ließ mich das schnell vergessen. Dank des Spartarifs hatte ich mir sogar noch eine Ganzkörpermassage leisten können. Da der Masseur sein Handwerk außerordentlich gut verstand, gönnte ich mir den Tag darauf gleich noch eine dieser Knet-Orgien.

Ich hing mein Handtuch an den Haken, streifte die Badeschuhe ab und öffnete die Tür. In der Dampfwolke versinkend, suchte ich mir ein freies Plätzchen. Mir gegenüber klönte ein Witwen-Club. Zehn überwiegend ältere Frauen, die ihre Männer auf unterschiedlichste Weise verloren hatten und nun gemeinsam ihre Urlaube verbrachten. Sie winkten mir zu. Ich hatte die letzten Abende mit ihnen verbracht. Ein wirklich lustiger Haufen. An der Stirnseite saß eng umschlungen ein Pärchen. Soweit ich durch den Nebel erkennen konnte, schienen die beiden ein großes Bedürfnis nach körperlicher Nähe zu haben.

Ich fragte mich, wann ich bereit wäre, einen Mann nochmal ernsthaft an mich rankommen zu lassen. Also nicht nur zum Vergnügen, sondern mit Kribbeln im Bauch, Herzflattern und den ganzen wundervollen Gefühlen, die zum Verliebtsein dazugehörten.

Ich schloss die Augen und hatte unwillkürlich das Gesicht des Hawaii-Doktors vor mir. Warum verschwendete ich meine Gedanken an einen Kerl, der nur noch in meiner Fantasie existierte, anstatt Ausschau nach einem Mann aus Fleisch und Blut zu halten?

„Autsch", schrie ich erbost auf. Jemand war mir auf die Füße getreten. Mit den Fingerspitzen rieb ich mir die Schweißperlen aus den Augen.

„Entschuldigung, ich habe Sie vor lauter Dampf glatt übersehen."

Für einen Augenblick glaubte ich, zu halluzinieren. Vor mir stand der Hawaii-Arzt. Er schien mich ebenfalls zu erkennen. Ohne ein weiteres Wort zog er seine Begleitung hinter sich her und verschwand fix mit ihr durch die Tür.

Der DJ gab sich die allergrößte Mühe, die wenigen Gäste in der Diskothek musikalisch bei Laune zu halten. Ich hatte mit einer Flasche Raki zu kämpfen. Die Begegnung im Dampfbad war mir alles andere als gut bekommen. Mutterseelenalleine saß ich an einem Tisch und hing meinen Gedanken nach. Hatte ich mir nicht gewünscht, diesen Mann wiederzusehen? Umso befremdlicher empfand ich es, dass sich dieser Wunsch – ganz im Gegensatz zu all den vorherigen – plötzlich erfüllte.

Warum bekam ich darüber nicht wenigstens einen Vorabbescheid? Etwas wie eine Benachrichtigung vom Unterbewusstsein: „Achtung Frisörbesuch, Fettabsaugen, Gesicht-Peeling – und beeil dich gefälligst bei der Auswahl der Klamotten, denn er wird dir schon binnen der nächsten DreiviertelStunde rein zufällig über die Füße laufen."

„In fünfundvierzig Minuten schon? Ich bin total überfordert", würde ich wahrscheinlich hysterisch aufkreischen.

„Ja, und er ist nicht mehr aufzuhalten, also vergiss die Augenbrauen nicht!"

„Lust auf einen Spaziergang?"

Der Raki zeigte seine Wirkung. Ich schaffte es so eben noch, mich umzudrehen, ohne das Gleichgewicht zu verlieren. „Wieso? Hat deine Freundin das Geknutsche satt?", rutschte es mir geistesgegenwärtig heraus. Ich muss gerochen haben wie ein ausgelaufenes Schnaps-Dragée und sah nicht gerade wie die zarteste Schokoladenversuchung aus. Trotzdem fasste er, ohne lange zu fackeln, meine Hand, „Ein wenig frische Luft wird dir nicht schaden."

Ich lebte tatsächlich schon viel zu lange alleine, um abzuschätzen, ob es richtig war, mich ohne Gegenwehr von einem Arzt aus einer Diskothek schleifen zu lassen.

„Du hast meine Frage noch nicht beantwortet", stolperte ich ihm hinterher.

„Sie war bloß ein Flirt. Mehr nicht."

Wir liefen den Strand entlang. Er erzählte mir von seinen Reisen und der Zeit, die er im Ausland gelebt hatte, von den vielen Ländern, die er bereits gesehen hatte, und von den damit verbundenen, überwältigenden Eindrücken.

„An keinem Ort der Welt ist der Himmel bei Nacht so klar wie hier auf Hawaii", ging es mir durch den Kopf. Ich konnte nicht anders, als stehen zu bleiben „Sag mir, wo ist der Himmel am schönsten?"

„Da, wo du bist, ist der Himmel am schönsten."

Seine Augen blitzten gefährlich auf. Eine Gänsehaut nach der anderen jagte mir den Rücken herunter. Ich konnte mich nicht erinnern, jemals ein so schönes Kompliment gehört zu haben. Überhaupt konnte oder wollte ich mich nicht daran erinnern, schon mal auf einen so charmanten Mann getroffen zu sein.

Wie eine Kugel Eis schmolz ich dahin. „Sag mal, bist du so naiv, auf einen solchen Spruch hereinzufallen?", funkte mir mein Stolz dazwischen. „Er hat vor deinen Augen mit einer anderen herumgeknutscht, die vorher wahrscheinlich das Gleiche zu hören bekommen hat. Kratz die Kurve, bevor es zu spät ist!" Meine erneute Angst, die Marionette eines arroganten, selbstverliebten Schönlings zu werden, ließ mich auf dem Absatz umdrehen.

Am nächsten Tag reiste er ab. Ohne mich eines Blickes zu würdigen, marschierte er in der Empfangshalle an mir vorbei. „Da siehst du es", triumphierte mein Stolz, „nur weil er nicht zum Zug gekommen ist, lässt er dich dumm stehen." Ich konnte trotzdem nicht anders, als ihm ein letztes Mal sehnsüchtig hinterherzustarren.

*

Die neue Position als Stationsschwester, zu der ich befördert worden war, verlangte mir alles ab. Mein Privatleben blieb durch die unzähligen Überstunden völlig auf der Strecke. So war ich schon berufsbedingt davor gefeit, an den Falschen zu gelangen.

Es kam mir wie gestern vor, als ich Anfang November die Tür des Reisebüros öffnete. Dieses Mal sollte es eine Kreuzfahrt sein. Da mir zum Geldausgeben schlichtweg die Zeit gefehlt hatte, konnte ich in den vergangenen zwölf Monaten ein stolzes Sümmchen auf die Seite schaffen.

„Ich kann Ihnen unsere Mittelmeer-Rundfahrt sehr ans Herz legen. Von Sizilien bis Mallorca werden alle größeren Häfen angesteuert. Die Landausflüge kosten allerdings extra. Dafür sind sowohl das Weihnachts-Dinner als auch das Silvesterbuffet im Reisepreis enthalten."

„Das hört sich doch fabelhaft an."

„Einen Tag vor Heiligabend wird der Anker gelichtet. Bis zum zweiten Januar werden Sie auf See sein."

„Elf Tage auf dem Meer, genau das wird mir guttun. Gebucht."

*

Ich lag an dem kleinen Pool am Außendeck. Hier sprangen keine Animateure herum, die jeden ungefragt von der Liege hochzerrten, der die Augen dummerweise geöffnet hatte. Abgesehen davon bediente hier ein überaus aufmerksamer Kellner. Leandro, ein rassiger Südländer, war auch während des Abendessens für meinen Tisch unter Deck zuständig.

Ich hatte schon zu lange enthaltsam gelebt. Leandro flirtete unverschämt sexy mit mir und ich mit ihm. Vielleicht sollte ich meine Prinzipien einfach mal über Bord werfen und mich auf eine leidenschaftliche Affäre mit ihm einlassen.

In der Sonne dösend, schipperte ich über das Mittelmeer. Was für ein Heiliger Abend! Das Rauschen des Meeres, und wenn ich es darauf anlegen würde, könnte es sogar eine Bescherung geben. Leandro hatte nach dem Weihnachts-Dinner frei, wie er mich beiläufig wissen ließ. In heller Vorfreude schloss ich die Augen – und hatte prompt das Gesicht des Hawaii-Arztes vor mir. Obwohl ich von diesem Mann in mancherlei Hinsicht noch weniger wusste als von meinem Bordkellner, den ich wenigstens mit seinem Vornamen ansprechen konnte, durchwanderte er immer wieder meine Gedanken.

„Und ich habe mich die ganze Zeit schon gewundert, warum der Himmel über uns so schön ist."

Erschrocken hob ich den Kopf und schob mir die Sonnenbrille auf die Haare. Ich drehte mich so schwungvoll um, dass es mich von der Liege fegte.

„Neugierig, wer dich anspricht, außer dem Kellner?", beugte niemand anders als der Hawaii-Arzt über mir.

Mein Herzschlag setzte prompt aus. „Was fällt dir ein, mir so unverschämt ins Dekolleté zu starren", fuhr ich ihn an. Wäre mir einer der nicht vorhandenen Segelmasten vor die Stirn geschlagen, hätte mich das nicht annähernd so umgehauen.

„Ja, ich bin auch überrascht, dich hier anzutreffen", begrüßte er mich und breitete sich auf dem Liegestuhl neben mir aus.

Ich wollte mir meinen Schock nicht anmerken lassen und versuchte, so elegant wie möglich wieder auf die Liege zu krabbeln.

„Wo kommst du denn so plötzlich her?", lutschte ich nervös an meinem Strohhalm, „und warum tauchst du immer an den unmöglichsten Orten dieser Welt auf, gerade dann, wenn ich an dich denke?" Ich fühlte mich überrumpelt und musste mich ablenken, um nicht gleich vor Wiedersehensfreude über ihn herzufallen.

„Wo soll ich schon herkommen? Ich habe eingecheckt, so wie du gestern Abend", lächelte er.

Wie sehr ich dieses Lächeln vermisst hatte. „Du hast mich schon beim Einchecken gesehen?" Er hatte einen ganzen Tag lang Vorsprung gehabt und wusste, dass ich an Bord bin. Was, wenn er mich die ganze Zeit über beobachtet hatte? Meine Haut prickelte, und der Gedanke, von ihm beobachtet worden zu sein, gefiel mir außerordentlich gut.

„Klar habe ich dich gesehen", grinste er verschwörerisch.

„Aber, sag mal, du denkst an mich?"

Ich sog so fest an dem Strohhalm, dass meine Lippen schmerzten. Ich dumme Pute! Wie konnte ich mich nur so verplappern! So leicht wollte ich es ihm auch nicht machen. Mein

Herzschlag regulierte sich langsam wieder und ich versuchte, so kalt rüberzukommen wie die Eiswürfel in meinem Cocktail. „Du meine Güte, ja, für einen kurzen Moment", versuchte ich mich herauszureden und schaute lässig zur Seite, wo Leandro die Gäste im Pool bediente.

„Es ist doch sehr merkwürdig, über jemanden nachzudenken, der dir anscheinend mächtig auf die Nerven geht." Die Arme hinter seinem Kopf verschränkt, lag er mit geschlossenen Augen da und genoss sichtlich die Sonne.

Ich stellte mir vor, wie ich den Cocktail aus seinem Bauchnabel schlürfte und hoffte, er würde mir nicht an der Nasenspitze ansehen, was ich mir da gerade ausmalte. „Herrje, es ist Weihnachten. Klar denkt man da an Vergangenes. So, wie an Geschenke, die man in der Kindheit mit leuchtenden Augen ausgepackt hat", antwortete ich betont salopp.

„Ich bin ein Geschenk für dich? Warum hast du mich dann letztes Jahr wortlos am Strand stehen lassen, anstatt mich auszupacken?"

Das sah ihm ähnlich. Er steuerte also doch immerzu nur auf die Zielgerade. „Du willst wissen, warum ich gegangen bin?", ereiferte ich mich. „Ich bin nun mal nicht eines deiner Strandabenteuer, die du anschließend auf deiner Liste abhakst!"

Er öffnete die Augen und drehte mir den Kopf zu. „Du weißt von meiner Liste und siehst trotzdem ein Geschenk in mir?"

„Nichts tue ich", stellte ich umgehend klar. „Was bildest du dir eigentlich ein? Du tauchst plötzlich aus dem Nichts auf und denkst, ich schlage Purzelbäume vor Freude? Als hätte ich das ganze Jahr über nur auf dich gewartet."

Schnaubend stellte ich meinen Drink ab und schob mir die Sonnenbrille wieder auf die Nase.

Ich saß in der Patsche und hatte schon viel zu viel von mir preisgegeben. Es wurmte ihn, dass ich ihn hatte abblitzen lassen. Das war alles. Das Beste war, ihn einfach zu ignorieren, bevor ich mich noch um Kopf und Kragen redete. Gespielt gelangweilt drehte ich ihm den Rücken zu.

„Ich gehe aber davon aus, dass du auf mich gewartet hast, wenn du mich mit einem Geschenk vergleichst und mir dein rattenscharfes Hinterteil zudrehst."

Wütend zog ich mir mein Badetuch bis hoch zu den Ohren. Leandro brachte mir genau im richtigen Augenblick einen frischen Cocktail. „Zum Wohl, Senhorita", warf ich ihm einen vielversprechenden Blick zu.

„Störe ich?"
„Nein, wieso?", tat ich erstaunt, während ich befürchtete, unter dem Handtuch einen Hitzschlag zu bekommen.
„Ich habe mich wirklich gefreut, dich wiederzusehen. Schade, das beruht wohl nicht auf Gegenseitigkeit." Er schnappte sich sein Laken samt der Sonnencreme. „Du scheinst ja doch nicht so wählerisch zu sein, was Männer anbelangt, wie ich dachte."

Dieser Kerl brachte mich noch um den Verstand. Er war doch hier der Trophäensammler! Stur blickte ich an ihm vorbei.

Es war schon weit nach Mitternacht. Mir war weder nach Weihnachts-Dinner noch nach Leandro. Ich entschied, noch einen Schluck in der Bar am oberen Deck zu mir zu nehmen. Was blieb mir anderes übrig, als mit mir selber anzustoßen?

„Frohes Fest, Madame!", begrüßte mich der Barkeeper mit französischem Akzent. „Ganz alleine am Heiligen Abend?"

Teilnahmslos zog ich die Mundwinkel hoch, nahm Platz und gab meine Bestellung auf.

„Was für eine wunderschöne sternenklare Nacht." Der Barkeeper sah durch die Bullaugen nach draußen, während er die Zutaten in den Mixbecher füllte. „Wie schade, ich glaube, der Herr auf dem Deck ist auch alleine."

Müde kaute ich auf einer Salzstange herum. Wen meinte er? War ihm jemand erschienen? In der Weihnachtsnacht konnte alles möglich sein. Ich stieß mich mit den Füßen von der Theke ab und machte eine halbe Drehung auf dem Barhocker. Da stand mein Doktor, an der Reling, und schaute in die Sterne.

„Was meinst du, da oben zu finden?" Unsicher ging ich auf ihn zu. Er hielt den Blick in den Himmel gerichtet. Ein kühler Wind wehte. Ich war nur leicht bekleidet. Mich fröstelte. Doch das schien ihn nicht zu interessieren.

„Die Antworten."

„Die Antworten?", fragte ich ihn irritiert und unsere Blicke trafen sich für einen kurzen Moment. Er stützte sich auf die Brüstung und schaute hinunter auf die Wellen. Ich stellte mich dicht neben ihn, berührte wie zufällig seine Schulter und wünschte mir, dass er seinen Arm um mich legte. Doch nichts dergleichen geschah. Also wechselte ich meine Taktik und beugte mich absichtlich ein Stück über die Reling.

„Lass das! Du gehst noch über Bord." Schroff zog er mich an den Armen wieder zurück.

„Würdest du mich dann retten?", säuselte ich zuckersüß.

„Wieso sollte ich? Ist dafür nicht der Kellner vom Unterdeck zuständig?" Stumm wie ein Fisch verschwand er und ließ meine romantische Erotikseifenblase jäh zerplatzen. Da stand ich nun, frierend und den Tränen nahe. Was für ein Weihnachtsfest!

Es musste ihn Unmengen an Trinkgeld gekostet haben. Niemand von der Besatzung konnte sich an ihn erinnern. Selbst Leandro schien an einer Kurzzeitamnesie zu leiden.

„Guten Tag. Ich brauche dringend Ihre Hilfe!", keuchte ich der Verzweiflung nahe.

„Was kann ich für Sie tun?"

„Naja, ich suche einen Mann", druckste ich herum.

„Ich möchte nicht unhöflich klingen", schaute die Dame leicht verärgert, „aber Sie sind hier an der Rezeption und nicht bei einer Partnervermittlung."

„Sie verstehen mich falsch", versuchte ich einzulenken, obwohl ich die Umschreibung Partnervermittlung ganz treffend fand. „Ich suche einen der Passagiere."

„Das ist natürlich etwas anderes", wurde ihr barscher Ton gleich viel sanfter, „da werde ich Ihnen bestimmt weiterhelfen können."

Wusste ich es doch, diese Frau würde mein Rettungsanker sein. Sie würde die Fährte des Hawaii-Arztes ohne Mühen aufspüren.

„Der Name des Herrn?"

Ich schluckte mehrmals, um Zeit zu gewinnen. Wie sollte ich der netten Dame nahebringen, dass ich auf der Suche nach jemandem war, der sich mir nie namentlich vorgestellt hatte, geschweige denn, dass er scharf darauf war, von mir gefunden zu werden.

„Tja, wie soll ich ihn beschreiben?", überlegte ich fieberhaft. „Wissen Sie, er ist sehr charmant. Einfach unwiderstehlich. Das macht die Sache ja umso schwerer", sprudelte es plötzlich nur so aus mir heraus. „Er ist ... wie soll ich sagen? Er ist ein wunderbarer Mensch ... und ... ich hatte gar nicht vor, mich in ihn zu verlieben ..."

„Junge Frau, entschuldigen Sie bitte vielmals, wenn ich Sie unterbreche. Ich möchte keineswegs unhöflich sein. Doch ich fürchte, dass ich nicht der richtige Ansprechpartner für Sie bin. Es sei denn, Sie sagen mir den Namen des Mannes und Ihre Kabinennummer, dann werde ich diese an den von Ihnen gesuchten Herrn weiterleiten."

Meine gebräunte Gesichtsfarbe rutschte mir vor Scham runter bis in den kleinen Zeh.

Sie faltete die Hände und schaute ziemlich mitleidig. „Mein Augenmerk ist auf die Zufriedenheit unserer Gäste gerichtet, dafür werde ich bezahlt. Ich sehe die Passagiere also mit anderen Augen. Wenn Sie verstehen, was ich meine."

Nervös zupfte ich mir an meinen Haarspitzen. Ich sah mich schon laut wimmernd am Boden liegen, meine Hände um ihre Fußgelenke gekrallt: „Schicken Sie mich nicht unverrichteter Dinge wieder weg!" Das war es also mit dem Rettungsanker! „Dann können Sie mir also nicht weiterhelfen?"

„Ohne einen Namen leider nicht", fuhr sie fort. „Wissen Sie, es geht mich ja nichts an, doch weiß dieser Mann ... naja ..., was Sie für ihn empfinden?"

Na, die Gute hatte vielleicht Vorstellungen. „Nein, mir fehlte bis jetzt leider die Gelegenheit, ihm das zu sagen."

„Soso ...", ungläubig lugte sie unter ihren Brillengläsern hervor.

„Jaja." Sicher war das eine glatte Lüge. Doch er machte es mir auch nicht gerade einfach mit seiner Versteckspielerei. „Er ist wie vom Erdboden verschluckt", klärte ich sie auf. Damit war ich wieder ein gutes Stück an der Wahrheit dran. „Ich habe das ganze Schiff nach ihm abgesucht." Unwillkürlich stieß ich gleich mehrere tiefe Seufzer aus.

„Spurlos verschwunden ist der Herr also?"

„Ja, und das schon seit Tagen." Endlich verstand sie, in was für einer verzwickten Lage ich mich befand. Die nette Dame streifte die vor ihr liegenden Papiere glatt und sah mir geradewegs in die Augen. „Hören Sie, meiner Meinung nach setzt ein Mann nicht alle Hebel in Bewegung, um auf einem Kreuzfahrtdampfer unauffindbar zu bleiben. Es muss doch einen Grund dafür geben, dass er sich in Luft aufgelöst hat."

Versenkt! Die Dame hatte natürlich Recht. Ich hatte ihn auf dem Außendeck observiert. Nun stand ich hier wie eine beleidigte Leberwurst und beschwerte mich bei einer wildfremden Frau darüber, dass mein Hawaii-Arzt den Rückzug angetreten hatte.

Kurz bevor das Schiff in seinem Heimathafen vor Anker ging, täuschte ich vor, schrecklich seekrank zu sein, um als Erste von Bord gehen zu können. Bis zum Anbruch der Dunkelheit saß ich an der Anlegestelle. Es blieb mir ein Rätsel, wie er es geschafft hatte, das Schiff unbemerkt zu verlassen.

*

„Ich möchte in diesem Jahr fernab von allem feiern."

„Fernab von allem? Meinen Sie fernab der Zivilisation oder fernab im Sinne von: am Ende der Welt?"

„Wenn ich es mir recht überlege, eine Mischung aus beidem. Ich brauche dringend Zeit nur für mich. Abschalten und zur Ruhe kommen, um in mich hineinhorchen zu können, wenn Sie verstehen, was ich meine."

„Ja, ich verstehe. Mal sehen, was sich dafür anbietet." Die Angestellte tippte auf der Tastatur und sah konzentriert auf den Bildschirm. „Ich glaube, ich habe hier etwas für Sie. Ein Kloster in der Bretagne."

„Ein Kloster?", staunte ich nicht schlecht.

„Ja, es liegt im übertragenen Sinn durchaus am Ende der Welt, und es gibt weder Strom noch fließendes Wasser, also genau das, was Sie suchen."

Ich wog ab, ob mir das Angebot ohne Strom und ohne fließendes Wasser nicht doch einige Kilometer zu abseits der Zivilisation gelegen war. „Wissen Sie, ich bin nicht gerade eine Heilige. Ich bin mir nicht sicher, ob ich hinter Klostermauern gut aufgehoben bin", gab ich zu bedenken.

„Ihr Lebenswandel spielt bei dem Angebot keine Rolle."

Ich räusperte mich verlegen. Was dachte sie denn von mir? „Gut, wenn es wirklich abgeschieden liegt, dann buche ich."

*

Das Essen war karg. Die Zimmer nur mit dem Notwendigsten ausgestattet. Das Kloster versorgte sich tatsächlich vollkommen autark. Aus einem Brunnen wurde das Wasser entnommen, und mit Einbruch der Dunkelheit zündete man Kerzen an. Zur Morgenandacht trafen sich die Schwestern in der kleinen Kapelle. Den Rest des Tages ging man schweigsam seiner Arbeit nach. Ich war der einzige Gast über die Feiertage. Es war eine Wohltat, einfach nur still sein zu können. Für mich war das karge Leben hier der pure Luxus. Das Reisebüro hatte also mal wieder ins Schwarze getroffen.

Während ich den Kräutergarten von Unkraut befreite, schmuggelte sich der Hawaii-Arzt in meine Gedanken. Genau das wollte ich eigentlich mit meinem Aufenthalt hier vermieden haben. Meine Knie schmerzten von der ungewohnten Haltung. Ich würde die Abfälle auf den Kompost bringen und mich dann zu einem Mittagsschlaf zurückziehen. Ein Mönch spazierte durch den Rosengarten, als ich die Treppe zu meinem Zimmer aufstieg.

Nach der kleinen Auszeit ging ich zu der kleinen Kapelle hinüber. Vorsichtig öffnete ich die schwere Holztür. In der vordersten Bank sah ich den Mönch aus dem Rosengarten niederknien. Ich zog es vor, in der hintersten Bank Platz zunehmen. In mir ruhend faltete ich die Hände und schloss die Augen. Die vorderste Bank knarrte leise. Dann hörte ich, wie schwere Schritte sich langsam näherten und neben mir verstummten. Neugierig blinzelte ich, um herauszufinden, warum der Mönch stehen geblieben war.

„Legst du hier eine stumme Beichte ab?", hallte es zu meiner Verwunderung durch die Kapelle.

Empört öffnete ich die Augen. „Entschuldigen Sie, ich bin Gast der Schwestern. Können Sie das von sich auch behaupten?"

„Allerdings!", schnauzte der Mönch frech zurück.

Misstrauisch, von einem unguten Gefühl beschlichen, beäugte ich ihn. Ehe ich mich versah, schob der Mönch die Mütze in den Nacken.

„Du?" Mich traf der Schlag. Vor mir stand der Hawaii-Arzt. „Was zum Henker machst du denn hier, und dazu noch in der Kutte eines Mönches?"

„Ich bin hier, um Abstand zu gewinnen." „Abstand? Wovon?", schmunzelte ich absichtlich ironisch. „Von einem deiner Flirts etwa? Wie können die Schwestern einen Frauenhelden wie dich überhaupt hier reinlassen?"

„Einen Frauenhelden wie mich? Bei männermordenden Raubtieren machen sie ja auch keine Ausnahme."

Ich hatte große Mühe, bei der Sache zu bleiben, und wusste auf Anhieb nicht auszumachen, ob ich ihn küssen oder ohrfeigen sollte. „Männermordende Raubtiere?", giftete ich, „nimm das sofort zurück!"

„Den Teufel werde ich tun!", fluchte er lauthals, „ist das wirklich alles, was du in mir siehst? Einen Frauenhelden?"

„Du hättest mich über Bord gehen lassen", platzte ich mit meiner Enttäuschung heraus, „was fällt dir ein, dich einfach in Luft aufzulösen? Ich habe jeden Quadratzentimeter dieses Dampfers nach dir abgesucht!"

„Wozu die Zeitverschwendung?", fixierte er mich. „Du hättest doch nur eine der Stewardessen fragen brauchen, die vor meiner Kabinentür Schlange standen." Seine Überlegenheit machte mich rasend.

„Na, das sieht dir ähnlich", ließ ich weiter Dampf ab. „Dann war die Reise ja ein regelrechtes Hochseeabenteuer für dich!"

„Danke der Nachfrage, ich hatte keinen Grund zur Klage", blitzten seine Augen auf.

„Doch jetzt zu dir. Hast du es etwa gewagt, an mich zu denken?"

Er hatte mich durchschaut. Mich hielt nichts mehr in der Bank.

„Was für ein Unsinn!", tippte ich ihm mit dem Zeigefinger kräftig gegen die Brust, „warum sollte ich ausgerechnet in einer Kapelle an dich denken?" Als Unterstreichung meiner

Unschuldsbeteuerung stampfte ich mit dem Fuß auf. Doch er ließ nicht locker.

„Wie kann es sein, dass wir uns hier über den Weg laufen?", brüllte er hemmungslos.

„Wahrscheinlich, weil du auf ein Klosterabenteuer aus bist."

„Richtig", donnerte er, „doch mit dir kann man ja keins erleben!"

Die Schwester Oberin ließ uns gerade noch Zeit, die Koffer zu packen. Da standen wir nun an Weihnachten vor den Klostermauern der „Mundtoten Schwestern", fernab der Zivilisation, und begaben uns per Pedes auf die Suche nach einer Herberge.

„Ich werde eine eigene Praxis eröffnen."

„Aha", rutschte es mir ehrlich erstaunt heraus, „Das ist sehr mutig."

„Wenn schon, ich habe nichts zu verlieren", antwortete er bedrückt.

„Deine Begeisterung scheint sich in Grenzen zu halten."

„Es gibt Dinge, die tut man eben." Er erzählte mir, dass er bereits seit Monaten, gemeinsam mit seiner Stiefschwester, eine alteingesessene Praxis auf dem Land renovierte, die aus Altersgründen abgegeben worden war. Damit ging, wie er sagte, ein Traum für ihn in Erfüllung.

Er sah mich mit einem leeren, fast schon gequälten Blick an. Ich fand es befremdlich, dass ihm die Freude über die baldige Eröffnung kaum anzumerken war.

Wir fanden Unterschlupf in einem ehemaligen Gestüt, das wir nach einem kilometerlangen Fußmarsch erreichten. Der Bauer stellte uns den Heuboden für eine Nacht zur Verfügung. „Das ist nicht gerade das Hyatt", stellte ich nüchtern fest.

„Was tut das schon zur Sache? Du bist hier, und ich bin hier – nur das zählt."

Seine Art, die Dinge zu nehmen, wie sie kamen, faszinierte mich. Offensichtlich war er nicht böse mit mir, auf diesem Heuboden gestrandet zu sein. Der Wunsch, ihm auch körperlich ganz nah zu sein, loderte in mir. Doch ich hatte nicht die Traute, den ersten Schritt zu unternehmen. Er stapelte die Heuballen übereinander, und so verbrachten wir den Heiligen Abend wie Maria und Josef im Stall.

Am nächsten Morgen brachte uns der Bauer auf dem Anhänger seines Treckers zum Flughafen.

In mir tobte der Gefühlsdusel. Ich war hin und her gerissen, mich ihm zu offenbaren. Ihm endlich zu sagen, dass er mein Herz eingefangen hatte.

Ich habe geschwiegen. Die Vorbereitungen seiner Praxiseröffnung setzten ihn ohnehin zur Genüge unter Druck. Da wollte ich ihm nicht mit meinen Herzensangelegenheiten zur Last fallen. Was für ein Widerspruch! Ein: „Es tut mir leid, doch wie ich schon sagte, ich bin nur auf etwas Lockeres aus", hätte völlig gereicht, um mich aus dem dunklen Gefühlslabyrinth, in dem ich herumirrte, ans Licht der Tatsachen zurückzuleiten.

*

„Wie waren die Tage im Kloster?"

„Danke, wirklich sehr erholsam."

„Sie konnten also zur Ruhe kommen?"

„Ja, ich war sehr ausgeglichen nach meinem Aufenthalt."

Das Gegenteil war der Fall. Noch Wochen später war ich aufgewühlter denn je gewesen. Ich bereute es bitter, ihm verschwiegen zu haben, was er mir bedeutete. Ich hatte eine weitere kostbare Gelegenheit verstreichen lassen. Eine Gelegenheit, wie sie sich mir nie wieder bieten würde.

„Wo soll es denn in diesem Jahr hingehen?"

„An das untere Ende des Erdballes."

„Australien?"

„Ja, Australien soll es ein!"

Nach Australien würde er sich nie und nimmer verirren, dessen war ich mir ziemlich sicher. Die Reise würde mir dabei helfen, einen endgültigen Schlussstrich unter meine Tagträume zu ziehen.

„Ich kann Ihnen eine vierzehntägige Rundreise anbieten", schlug die freundliche Dame vor.

„Gebucht", entschied ich kurz und knapp.

*

Im Flieger studierte ich voller Vorfreude den Reiseführer. Australien. Ein weiterer Traum ging in Erfüllung. Den Heiligen Abend verbrachte ich mit meiner Reisegruppe am Ayers Rock. Wir schliefen im Freien unter den Sternen, mitten in der Wüste. Die vierzehn Tage vergingen viel zu schnell. Den Jahreswechsel feierten wir in einer Art Saloon in Lovetown, einer von rotem Staub überzogenen, abgelegenen Stadt im dünnbesiedelten Westen Australiens. Die Häuser lassen eine herzförmige Anordnung erahnen, daher wohl auch der verwunschene Name. Um Mitternacht schossen wir Raketen weit raus ins Niemandsland und stießen mit den Einwohnern an, die zur Hälfte aus Familienmitgliedern unseres Reiseführers bestanden, der die Rundreise vermutlich rein zufällig in seiner Geburtsstadt enden ließ.

Australien, was für ein überwältigendes Land. Was für eine traumhaft schöne Reise! Und meinen Hawaii – Arzt hatte ich erfolgreich aus meinen Gedanken streichen können.

*

Ich stand im Stau. Eine Woche Nachtdienst lag vor mir. Dabei hatte ich noch den Rückflug in den Knochen stecken.

Das war nebensächlich. Der Trip nach Down Under hatte sich mehr als gelohnt.

„Hallo Schwester, gut erholt?" Ohne eine Antwort abzuwarten, eilte der Chefarzt an mir vorbei zum Stationstelefon. „Leute hergehört, wir bekommen gleich einen Notfall rein. Skiunfall aus Norwegen, mehrere schwere Knochenbrüche, innere Verletzungen nicht ausgeschlossen. OP vorbereiten", rief er über den Flur und hing den Hörer wieder ein. Es war nichts Ungewöhnliches, dass Knochenbrüche deutscher Auslandstouristen bei uns landeten. Der Chefarzt war eine chirurgische Koryphäe.

Die Rettungsassistenten schoben die Transportliege eilig aus dem Fahrstuhl.

„Mir folgen!", wies ich sie an, „rechtsrum, OP sieben!"

Das Team wartete bereits auf die Sanitäter. Als Letzte schloss ich die Türen.

„Schwester, vergewissern Sie sich, ob der Patient ansprechbar ist." Ich zog meinen Mundschutz über, desinfizierte die Hände und streifte die Handschuhe über.

Mein Hawaii-Arzt war so gegenwärtig, dass es mich erschaudern ließ. Ich atmete tief ein, drehte mich um und widmete mich dem Patienten. „Guten Tag, können Sie mich hören? Nennen Sie mir bitte Ihren Namen." Meine Gefühle schlugen wie eine gewaltige Welle über mir zusammen. Auf der Trage lag mein Hawaii-Arzt, bei vollem Bewusstsein, und versuchte sich zu einem Lächeln durchzuringen, als er mich erkannte. Wie ich dieses Lächeln vermisst hatte. Ich hatte mit den Tränen zu kämpfen.

„Du hast vergessen, an mich zu denken, stimmt's?", flüsterte er.

Ich fühlte mich augenblicklich unendlich schlecht und vor allem schuldig. „Nein, ich ...", stammelte ich hilflos und zog mir den Mundschutz herunter. Er musste höllische

Schmerzen haben. „Ich ...", weiter wusste ich nicht zu antworten.

„Deshalb konnte ich dir nicht hinterherreisen", stellte er mit schwacher Stimme fest.

Wie angewurzelt stand ich da. „Du willst doch gar nicht, dass ich an dich denke", versuchte ich den Ansatz einer Erklärung. Es schnürte mir die Kehle ab, ihn so leidend zu sehen.

Im OP hätte man eine Stecknadel fallen hören. „Hört, hört, unsere Stationsschwester scheint ja schwer verliebt zu sein!", spottete der Anästhesist, der gerade am Waschbecken stand. „Eine Abkühlung gefällig?" Übermütig vor Schadenfreude, einen Witz auf meine Kosten reißen zu können, schüttelte er seine nassen Hände über mir aus.

Anstatt die Ruhe zu bewahren, wie es sonst meine Art war, wenn dieser Aufreißer im grünen Kittel versuchte, lustig zu sein, und seiner Bemerkung gar keine Beachtung zu schenken, lief ich glutrot an und raste ungebremst in eine verbale Sackgasse.

„Du hast wohl zu viel von deinem Lachgas geschnüffelt", trommelte ich dem überraschten Kollegen mit den Fäusten gegen den Oberkörper. „Nur weil ich freundlich zu einem Patienten bin, heißt das noch lange nicht, dass ich in ihn verliebt bin, kapiert?"

Dem Oberarzt platzte der Kragen: „Schwester, was ist denn nur in Sie gefahren?", ging er mich an. Ohne mich umzuschauen, schlug ich die Flügeltüren auf und verschwand.

Nach diesem für mich peinlichen Vorfall war ich für Tage ohne triftige Entschuldigung nicht mehr zum Dienst erschienen. Wochen später holte ich in der Personalabteilung meine Papiere ab.

Sicher wäre es ein Leichtes für mich gewesen, Erkundigungen über ihn einzuholen. Allerdings hatte ich gehofft, dass er mir zuvorkommen würde. Sehnlichst hatte ich auf ein Lebenszeichen von ihm gewartet und tagelang neben dem Telefon campiert, das Handy immer in Reichweite. Vergeblich.

Da er aber nun wusste, wie es herztechnisch um mich stand, war ich ihm offensichtlich völlig egal. Mein Gefühl hatte mich getäuscht, er war nicht der Richtige. Die „Was wäre, wenn?"-Frage hatte sich damit erledigt. Die ungewollte Beichte im OP hatte ihn wohl in die Flucht geschlagen. Er scherte sich nicht die Bohne um mein Wohlergehen. Ich stand nun inmitten der Trümmer meines Lebens.

*

„Wo soll es denn in diesem Jahr hingehen?"

Wie ein Häufchen Elend saß ich da. Warum war ich überhaupt hierhergekommen? Mein Geld reichte gerade mal bis zum nächsten Ersten und meine Ersparnisse waren fast komplett aufgebraucht.

„Entschuldigen Sie die Frage, aber könnten Sie mir nicht vielleicht einen Job unter der Sonne besorgen?" Ich schaute in ein fragendes Augenpaar. „Ich bin abgebrannt, pleite, verstehen Sie? Doch ich muss raus hier. Ich bin mir für keine Arbeit zu schade. Ich brauche dringend einen Tapetenwechsel."

Die Dame vom Reisebüro war tatsächlich so nett, mit einigen Reiseveranstaltern zu telefonieren. Auf deren Auskunft hin rief sie Hotels verschiedener Urlaubsorte an. „Ich kann Ihnen Mallorca anbieten. Ein Vier-Sterne-Hotel sucht gleich mehrere Service-Kräfte für die Wintermonate. Kost und Unterkunft frei. Der Lohn wird nach Ankunft ausgehandelt. Die Flugkosten gehen auf Ihre Kappe."

„Einverstanden."

„Gut, dann werde ich Ihnen einen preiswerten Flug raussuchen ..."

Vier Wochen Mallorca in einem Vier-Sterne-Hotel, was wollte ich mehr? Genug Zeit, um die OP-Blamage zu verarbeiten und den Herrn Doktor endgültig zur Legende werden zu lassen.

*

Meine Beine schmerzten, und meine Finger waren eingerissen von dem scharfen Reinigungsmittel, mit dem ich am Abend zuvor die Töpfe sauber geschrubbt hatte. Ich war mehrere Tage für den Spüldienst in der Hotelküche eingeteilt gewesen. Seit meiner Ankunft hatte ich nie mehr als drei Stunden am Stück geschlafen, und heute, am Heiligen Abend, war ich zum Dienst in der Diskothek eingeplant. Von meinen angeblichen Kollegen war über die Hälfte erkrankt. Ich bezweifelte, dass sie überhaupt existierten.

Das Hotel war bis auf das letzte Zimmer ausgebucht – und ein freier Tag war nicht in Sicht. Ich war als Mädchen für alles eingesetzt. Anstatt die Seele baumeln zu lassen, würde ich auch heute schuften bis zum Morgengrauen. Was für ein Weihnachtsfest! Meine Laune war am Tiefpunkt angekommen, genau wie mein Stundenlohn. Die Weihnachtsparty war im vollen Gange. Ich mixte die Cocktails, weil der Barkeeper angeblich mit einer Grippe das Bett hütete. Zwischendurch spülte ich die Gläser und nahm die Getränkebestellungen entgegen. Bei dem ganzen Stress fiel es mir wenigstens leicht, nicht an ihn zu denken.

„All I want for Christmas is you", warum wurde an Weihnachten ausgerechnet dieses Lied rauf und runter gespielt? Ich polierte die Gläser und räumte sie in die Hängeregale, an die ich gerade so eben ranreichte.

„Junge Frau, zweimal ‚Weihnachten auf Eis' bitte", hörte ich einen Gast hinter mir rufen. Geistesabwesend nahm ich die Bestellung entgegen. Mit zwei hübsch dekorierten Gläsern in der Hand drehte ich mich zur Theke um: „Zweimal ‚Weihnachten auf Eis'. Bitte schön, der Herr." Mir entgleisten die Gesichtszüge. Er schaute nicht minder überrascht. Seine weibliche Begleitung tat es uns gleich. Abwechselnd sah sie uns an: „Ihr kennt euch?"

„Ja, wir kennen uns." Er lächelte.

Wie ich dieses Lächeln vermisst hatte. „Ehm ... ja , vom Sehen. Wir kennen uns vom Sehen." Das war alles, was mir auf Anhieb einfiel.

„Was für ein Zufall, dass ihr euch ausgerechnet auf Mallorca über den Weg lauft", stellte seine Begleitung mit Begeisterung fest. Er schien sich von dem Unfall gut erholt zu haben und sah nicht aus, als ob er irgendetwas vermissen würde. Schon gar nicht mich. Ganz im Gegenteil. Während ich schmerzlich versuchte, ihn aus meinem Herzen zu streichen, hatte er wohl seine Ansichten, was Verbindlichkeiten anbelangte, grundlegend geändert. Die beiden schienen sehr vertraut miteinander, und es sah nicht danach aus, als wäre sie nur einer seiner harmlosen Flirts. Seine Begleitung hob überschwänglich das Glas in die Höhe: „Frohe Weihnachten und ein Prosit auf die Zufälle." Sie stießen ausgelassen an. Besorgt sah er zu mir rüber: „Wie geht es dir?"

Seine Frage empfand ich als den blanken Hohn. Alles in mir krampfte sich zusammen.

„Wie es mir geht?", stützte ich mich auf dem Tresen ab, um so mit ihm auf Augenhöhe zu kommen. „Danke, ausgezeichnet. Eigentlich könnte es gar nicht besser sein." Ich hatte Not, meine Stimme zu dämpfen. „Wenn du jetzt noch mit meinem Herz rausrückst, dann ist alles perfekt."

„Ihr Herz?", warf sie ihm einen skeptischen Blick von der Seite zu.

„Machen Sie mir auch so einen?", gesellte sich ein junger Bursche mit blinkender Weihnachtsmütze völlig ungerührt zu den beiden an die Theke und zeigte auf den Cocktail der Begleitung meines Hawaii-Arztes.

„Sie wollen Ihre Weihnachten auf Eis gelegt bekommen?", vergewisserte ich mich, „kein Problem!" Rücklings griff ich nach einigen der umherstehenden Flaschen. Hintereinander warf ich diese in die Luft, um sie der Reihe nach wieder aufzufangen. Der Versuch scheiterte jedoch kläglich. Eine Flasche nach der anderen zersprang laut klirrend auf dem gefliesten Boden. „Ups, das war wohl nichts", kommentierte ich meine Darbietung nüchtern. Dem verblüfften jungen Kerl mit Mütze drückte ich einen Strohhalm in die Hand: „Zum Wohl!" Dann watete ich durch die riesige Pfütze voller Scherben und schmiss dem glücklichen Liebespaar meine Kellnerschürze vor die Füße. „Euch auch noch schöne Feiertage."

Noch in der Nacht setzte man mich vor die Tür. Der Schaden wurde mir von meinem ohnehin spärlichen Lohn abgezogen. Ich hatte nicht einmal genug Geld, um mir ein Taxi zum Flughafen leisten zu können. Also fuhr ich per Anhalter und lernte auf diese Weise in kurzer Zeit sehr viel über Land und Leute. Zum Glück hatte ich das Rückflugticket bereits bezahlt.

So saß ich bei Tagesanbruch im Flieger und dachte. Dachte an nichts.

Ich dachte auch an nichts, als ich ein knappes Jahr später meine Wohnung auflöste. Eigentlich hatte ich beschlossen, mit meinem wohnlichen Neuanfang auch den Beruf zu wechseln. Doch im Internet war ich auf eine Stellenausschreibung in der nördlichsten Stadt des Landes gestoßen. Eine Gemeinschaftspraxis suchte zum schnellstmöglichen Termin eine flexible Sprechstundenhilfe.

Ich hatte alles auf eine Karte gesetzt. Meine Wohnung gekündigt und mich umgehend auf die Stelle beworben. Da ich aufgrund meiner miserablen finanziellen Situation in den nächsten Jahren nicht mal an Urlaub denken konnte, würde ich ihm ganz sicher niemals wieder über den Weg laufen. Somit gehörte der Hawaii-Arzt der Geschichte an.

Es war kurz vor Weihnachten, als ich mich auf den Weg in mein neues Leben machte.

„Guten Tag, Pieks mein Name. Ich bin zu einem Vorstellungsgespräch eingeladen worden." Mir war mulmig zumute. Von dieser Stelle hing schließlich einiges ab.

„Oh ja, Frau Doktor erwartet Sie schon ungeduldig. Sie wird jeden Moment kommen."

Ich nahm im Wartezimmer Platz und blätterte in einer der ausliegenden Illustrierten.

„Hallo, Schwester Pieks. Wie schön, Sie zu sehen", flog die Tür auf und mir klappte die Kinnlade herunter. Vor mir stand die Mallorca-Begleitung meines Hawaii-Arztes. Mit weichen Knien stand ich auf und angelte mir meine Jacke vom Garderobenständer. „Einen schönen Tag noch", verabschiedete ich mich hastig, um schnellstens das Weite zu suchen.

„Halt, stopp! Ich glaube, hier liegt ein riesengroßes Missverständnis vor."

Mit großen Schritten war ich an der Ausgangstür angelangt: „Und ich glaube, dass ich hier falsch bin."

„Nein, warten Sie doch."

Die Hand bereits an der Türklinke, drehte ich mich um: „Was soll das hier werden?", fragte ich irritiert.

„Hören Sie, ich hatte mich mit meinem Mann gestritten. Er war mitgeflogen, um mir Beistand zu leisten. Er ist mein Stiefbruder."

„Aber, ich dachte ...", wie damals im OP fing mein Gedanken-Karussell erneut an zu kreisen. Die beiden waren gar kein Paar. In welches Fettnäpfchen hatte ich mich denn hier wieder reinmanövriert? „Dann sind Sie ...?"

„Die Stiefschwester, mit der er die Praxis übernommen hat. Richtig. Und, nun ja, Sie haben mich sehr deutlich spüren lassen, was Sie von mir denken."

„Aber, er kommt doch aus dem Süden ..." Ungläubig hielt ich mich an der Türklinke fest.

„Aus dem Süden? Seine Eltern wohnen im Süden. Er wird in diesem Jahr seit Langem wieder die Feiertage dort verbringen."

„Und aus welchem Grund haben Sie mich hergebeten?"

„Nun ja, als Ihre Bewerbung auf meinen Schreibtisch flatterte, dachte ich mir, dass es nicht schaden kann, dem Schicksal klammheimlich ein wenig nachzuhelfen."

„Versuchen Sie, uns zu verkuppeln? Sparen Sie sich die Zeit. Für eine Affäre bin ich nicht zu haben."

„Wo denken Sie hin? Beim Verkuppeln ist mir doch das Schicksal schon zuvorgekommen. Wie ich sagte, ich will nur ein wenig nachhelfen."

„Schicksal? Das ist doch lächerlich. Wenn er so interessiert an mir ist, warum hat er mich dann immer wieder abblitzen lassen?"

„Er hat Sie abblitzen lassen? Sind Sie es nicht gewesen, die ihm deutlich gemacht hat, dass mit Ihnen kein Blumentopf zu gewinnen ist?"

„Bei einem Mann wie ihm kann man nicht sicher sein, worauf er aus ist. Für solche Spielchen bin ich mir zu schade."

„Wie kommen Sie denn auf so etwas Absurdes? Er hatte nie vor, mit Ihnen zu spielen."

„Du musst sofort kommen ... Nein, es handelt sich um eine deiner Patientinnen ... Ihren Namen? ... Hast du sie je nach ihren Namen gefragt? ... Ihre Akte? ... Sie ist hier ..." Mir den Rücken zugedreht, stand sie an der Fensterfront in ihrem Büro, während sie mit ihm telefonierte. „Ich meine nicht die Akte ..., die junge Frau ist hier in der Praxis ... Was ihr fehlt? ... Na, ihr

Herz ... Wie? ... Du wirst doch wissen, wo du ihr Herz aufbewahrst ...!" Sie drehte sich um und streckte siegessicher den Daumen nach oben. „Was? ... Die Verbindung ist sehr schlecht ... Ob ich dich verulken will? ... Mit Herzensangelegenheiten scherze ich nicht ... die Frau wartet auf dich! Also nimm gefälligst den nächsten Flieger, damit du Weihnachten mit ihr verbringen kannst!"

„Raffinesse ist ein Prädikat, mit dem Sie sich durchaus schmücken dürfen", bemerkte ich verblüfft. „Glauben Sie nicht, dass Sie übertrieben haben?"

„Das ist alles, was Ihnen zu dieser Glanzleistung einfällt?", schaute sie enttäuscht, während mir die Gesichtsfarbe entwich. „Du meine Güte, in Ihnen scheint ja ein emotionales Hochdruckgebiet zu toben, kreidebleich, wie Sie sind."

„Wird er kommen?", haspelte ich und merkte, dass meine Unterlippe leicht vibrierte.

„Und ob!", lachte sie herzlich und tätschelte mir liebevoll die Wange.

„Sind Sie sicher? Er weiß doch gar nicht, um welche Frau es sich handelt."

„Sind Sie so naiv? Sicher weiß er, dass Sie gemeint sind."

Wie konnte sie nur so unbeschwert lachen, wo ich kurz vor einem Ohnmachtsanfall stand! Rücklings ließ ich mich in einen der Sessel fallen. Meine Gedanken überschlugen sich. Bisher war er mir immer rein zufällig über den Weg gelaufen. Jetzt aber saß ich hier und wartete auf ihn. Das war eine völlig neue Situation für eine Frau wie mich, die alles darangesetzt hat, den Mann, den sie liebt, glauben zu lassen, er wäre so überflüssig wie Staubflusen unterm Bett.

„Achtung! Denk an das Notfallprogramm!", bimmelte mein Unterbewusstsein an, „Frisörbesuch, Fettabsaugen, Gesicht-Peeling, Auswahl der Klamotten! Eine Dusche ist bei der Zeitspanne auch noch drin." Ich hatte jetzt wirklich andere

Probleme, als mich mit meinem Aussehen zu beschäftigen. „Was soll ich ihm denn sagen?", rang ich nach Luft und rieb mir vor Nervosität die feuchten Hände an meiner Hose.

„Was soll das heißen?"

„Naja, ich hatte doch immer nur Gemeinheiten für ihn auf Lager, wenn wir uns gesehen haben."

„Dann versuchen Sie es zur Abwechslung doch mal mit etwas Nettem." Ich verstand nicht ganz, worauf sie hinauswollte, und zog es vor, zu schweigen. Sie sah mich leicht entrückt an und ihre Gesichtsfarbe wechselte in ein auffälliges Aschgrau. Ächzend ließ sie sich in den Sessel mir gegenüber fallen. Allem Anschein nach stand auch sie kurz davor, in Ohnmacht zu fallen.

„Etwas Nettes?", vergewisserte ich mich, sie richtig verstanden zu haben, „und was ist das?"

„Was das ist?", schüttelte sie den Kopf, „das ist doch nicht zu fassen! Wie wäre es mit: „Wie schön, dich zu sehen ..."

Schicksalsfäden

Der lehmige Schnee, der aus den klobigen Stiefelprofilen der Beamten auf den gekachelten Boden der Gaststätte gefallen war, schmolz in der Wärme langsam zu kleinen braunen Pfützen. Die Service-Kräfte rannten hektisch zwischen Küche und dem gegenüberliegenden Tagungsraum hin und her. Fast lautlos rückten sie im Saal Tische zusammen, auf denen sie eilig ein provisorisches Frühstücks-Buffet anrichteten. Die Atmosphäre im Lokal war angespannt. Gut und gerne dreißig Seminarteilnehmer saßen dicht gedrängt um die Tische im übersichtlichen Gastraum verteilt. Trotz der gedämpften Betriebsamkeit traute sich niemand offen zu sprechen. Im Flüsterton machten Gerüchte um das Polizeiaufgebot die Runde.

Für Mila war das hier ein Routinejob gewesen. Ein hiesiges expandierendes Elektro-Unternehmen hatte sie für dieses erste Adventswochenende als Mentaltrainerin gebucht. Nichts Ungewöhnliches also, bis sie heute Morgen, genau wie alle anderen der hier Anwesenden, von uniformierten Beamten geweckt worden war.

Durch die beschlagenen Sprossenfenster der Gaststätte war der Leichenwagen zu sehen, der vor dem Eingang für die Übernachtungsgäste geparkt hatte. Als Beamte die graue Bahre aus der schmalen Eingangstür trugen und in das Innere des Wagens schoben, verstummte das leise Getuschel. Das Gerücht, eines der Zimmermädchen habe bei dem morgendlichen Weckrundgang vergeblich an eines der Zimmer im Dachgeschoss geklopft und nach über zwanzig Minuten geduldigen Wartens und Klopfens entschieden, den Hausmeister zu informieren. Dieser habe mit dem Universalschlüssel die Zimmertüre geöffnet und eine grausame Entdeckung gemacht.

Der Abtransport der Leiche ließ den zweiten Teil des Gerüchtes zur traurigen Gewissheit werden. Verena Dreher, die allseits beliebte Chefsekretärin des Unternehmens, war tot aufgefunden worden.

Es dauerte eine ganze weitere Stunde, bis endlich einer der uniformierten Beamten die Gruppe wissen ließ, dass die Teilnehmer in alphabetischer Reihenfolge zur Vernehmung in eines der Büros im Obergeschoss des Gasthofes gerufen würden. „Hierbei handelt es sich um eine routinemäßige Befragung, wie sie üblich ist nach einem Unfall mit Todesfolge. Sie sollten die Wartezeit nutzen, meine Herrschaften, um sich am Buffet zu stärken", munterte der Polizist die Gruppe auf.

In Anbetracht der Tatsache, dass in der Nacht eine Kollegin ums Leben gekommen war, hatte niemand Appetit.

„Wann haben Sie den Gastraum verlassen, Frau Nauen?"

Die Frage des Kripobeamten irritierte Mila. „Ich schätze, so gegen dreiundzwanzig Uhr. Ich hatte starke Kopfschmerzen und fragte an der Rezeption nach einem Schmerzmittel."

Der Beamte machte sich Notizen.

„Frau Dreher hatte sich zu dem Zeitpunkt bereits auf ihr Zimmer zurückgezogen?"

„Ja, das wird das Thekenpersonal bestätigen können."

„Eine der Kellnerinnen sagt, Sie hätten sich den Abend über ausschließlich mit Frau Dreher unterhalten?"

„Richtig, sie hatte einige Fragen zu meinem Werdegang und den Seminaren. Eine der üblichen Unterhaltungen, wie ich sie immer mal wieder mit Teilnehmern am Rande der Veranstaltung führe", antwortete sie wahrheitsgemäß.

„Waren außer Frau Dreher und Ihnen noch andere Teilnehmer in der Gaststätte?"

„Nein, soviel ich weiß, nicht, aber auch da wird Ihnen das Personal sicher weiterhelfen können."

„Sie gehörten in Ihrer Jugend den Pfadfindern an und gehen seit einigen Jahren auf die Jagd?", bohrte der Beamte weiter.

„Das ist kein Geheimnis, ich halte schließlich Vorträge darüber."

„Danke, das war's fürs Erste. Reichen Sie bitte Ihren Personalausweis nach, nur für die Formalien", verabschiedete der Beamte Mila beim Herausgehen.

Mit dem Hinweis, sich umgehend auf der zuständigen Polizeiwache zu melden für etwaige Nachfragen, wurden die Seminarteilnehmer am späten Sonntagnachmittag nach Hause entlassen.

„Das ist ja entsetzlich!", zog Sven seine Frau an sich heran. Doch Mila war nicht der Typ Frau, den man einfach aus einem Gefühl heraus umarmen konnte. Wie zu erwarten, wandte sie sich ab und setzte sich auf das weiße Ledersofa. Sven zog es vor, stehen zu bleiben. „Diese Verena war gerade mal Ende zwanzig und hatte eine steile Karriere vor sich", brach Mila in Tränen aus. Eigentlich warf seine Frau so schnell nichts aus der Bahn. Doch eine Leiche rang dann selbst einer Mila emotionale Regungen ab. „Du sagtest, sie sei in ihrem Zimmer gestürzt? Warum seid ihr dann vernommen worden?", wollte Sven wissen.

„Es hieß, das wäre in solchen Fällen üblich." Mila stand auf, um sich in der Küche einen Tee zuzubereiten. Sie schien wirklich mitgenommen zu sein. „Ich besorge dir aus der Apotheke etwas für die Nerven. Vielleicht nimmst du ein Bad, bis ich zurück bin."

Kaum dass Sven die Haustür hinter sich zugezogen hatte, rannte Mila die Wendeltreppe der zweigeschossigen Eigentumswohnung hinauf. Im Ankleidezimmer öffnete sie seinen Kleiderschrank. Sie hatte ihm den Koffer für seine letzte Dienstreise gepackt. Es war also nicht schwer, exakt die Garderobe von damals zusammenzusuchen. Mila neigte dazu, regelmäßig Kleidungsstücke der beiden in die Altkleidersammlung zu bringen, und das gleich bündelweise. Sven würde also keinen Verdacht schöpfen. Danach würde sie ein Schaumbad nehmen, so wie er es vorgeschlagen hatte. Sie musste versuchen, abzuschalten, bevor sie sich auf den Weg zur Polizei machte.

Sven fuhr durch die diesigen, nebelgrauen Straßen und suchte nach einer Apotheke, die an diesem Wochenende Notdienst hatte. Er würde sich am besten gleich selber eine Flasche mit Beruhigungstropfen an den Mund führen. Mila würde sich unterdessen ungestört ein Bad gönnen. Dessen war er sich sicher. Ihre Schaumbäder nahm sie ohnehin am liebsten allein. Spontane Zärtlichkeiten außerhalb der Reihe mochte sie nicht sonderlich.

Dieses Jahr Weihnachten sollte für ihn das letzte gemeinsame Fest mit ihr sein. Er hatte nicht vor, weiter an ihrer Seite zu erfrieren. Er wünschte sich Kinder in naher Zukunft, und Liebe. In erster Linie wünschte er sich Liebe. Doch er konnte Mila in ihrem jetzigen Zustand unmöglich offenbaren, dass er vorhatte, sich noch vor Jahreswechsel von ihr zu trennen. Er musste seine Pläne umständehalber also erst mal auf Eis legen.

Für einen Moment war er versucht, anzuhalten und auf seinem Smartphone die Schlagzeilen abzufragen, doch Milas – wenn auch spärlicher – Informationsfluss reichte aus, um seine schmerzliche Gewissheit voll und ganz zu bestätigen. Eine Namensgleichheit schloss er aus. Bei der Toten im Gasthof konnte es sich nur um die Frau handeln, die ausschlaggebend für seinen geplanten Neuanfang gewesen war.

Mila warf den blauen Sack mit Svens Garderobe unbemerkt in den Müllcontainer eines Kaufhauses. Dafür war sie extra in die Innenstadt gefahren. Was für eine Ironie des Schicksals. Da schüttete ihr diese Verena nichtsahnend das Herz aus, und Mila erfährt auf Umwegen von einem Seitensprung ihres Mannes. Was für ein redseliges kleines Dummerchen. Vertraut der Erstbesten ihr gut gehütetes Geheimnis an. Wirklich zu süß diese Frauen, die sich für eine Nacht einem Mann hingeben und dabei auch gleich ihr Herz an ihn verlieren. Nicht, dass Mila sich ernsthaft den Kopf zerbrach.

Sven hatte nicht den Mumm, sie zu verlassen. Allerdings mochte sie es nicht, wenn so ein argloses Ding, das Leidenschaft mit der großen Liebe verwechselte, ihre künstlichen Fingernägel nach ihrem Besitz ausstreckte. Bestimmt hatte diese Verena für eine Nacht den Romantiker in Sven wachgerufen. Doch er war vernünftig genug, zu wissen, dass es ihm bei Mila an nichts mangelte, und er würde es niemals riskieren, sich an eine Frau zu verlieren, die noch Jahrzehnte brauchen würde, um seinen Lebensstandard zu erreichen. Da diese Frau nun aufgrund von tragischen Umständen das Zeitliche gesegnet hatte, war es die pure Zeitverschwendung, weiter über diesen wohl einmaligen Bettlaken-Ausrutscher von Sven nachzudenken. Sie würde ihm einfach stillschweigend verzeihen.

„Hat diese Mila Nauen etwas von einer Schwangerschaft erwähnt?", Hauptkommissar Vollt goss sich Kaffee ein.

„Nein, genauso wenig wie die Arbeitskollegen der Dreher."

„Was haben die anderen Befragungen ergeben?"

„Weder im Familien- noch im Bekanntenkreis der Toten wusste jemand etwas von einer bestehenden Schwangerschaft."

Vollt setzte sich. „Warum hat die Dreher sich so konsequent darüber ausgeschwiegen? Wir müssen irgendetwas übersehen haben", knallte er wütend die Kaffeetasse auf den Schreibtisch.

„Die Spurensicherung hat jeden Quadratzentimeter des Hotelzimmers in München auf den Kopf gestellt. Ergebnislos."

„Das war vorherzusehen. Ganze drei Monate sind zwischen dem Aufenthalt in München und ihrem Ableben in dem Landgasthof vergangen. Doch rein rechnerisch muss das Kind in München gezeugt worden sein."

„Chef, die Frau ist ganz ordinär über ihre Pumps gestolpert, die sie offensichtlich nach Betreten des Zimmers in dem kleinen Vorflur ausgezogen hat. Dabei geriet sie ins Stolpern, schlug mit dem Hinterkopf auf die Bettkante und brach sich das Genick. Sicher ist das kein schöner Tod, aber Fremdverschulden ist dabei völlig ausgeschlossen." Knirps ahnte, dass sein Vorgesetzter sich an dem Fall, der eigentlich gar keiner war, festbeißen würde.

„Genau das ist es, was mich stutzig macht. Warum ist sie mit dem Hinterkopf aufgeschlagen? Von der Zimmertür bis zum Bett sind es nicht mal drei Meter. Selbst wenn sie in dem kleinen Vorflur über die Schuhe gestolpert ist, warum konnte sie sich nicht mehr abfangen?"

„Vielleicht hat sie noch etwas in ihrem Mantel gesucht, der an der Garderobe im Flur gehangen hat."

„Das ergibt keinen Sinn. Sagen wir, sie ist aus dem Schlafzimmer nochmal zurück in den Flur an ihren Mantel gegangen – und erst beim Zurückgehen gestolpert. Wie konnte sie sich in dem schmalen Flur um die eigene Achse drehen und nach hinten wegstürzen, ohne sich irgendwo festzuhalten?"

Knirps tippte eifrig an den Zeugenaussagen eines tatsächlichen Mordfalls, in der Hoffnung, wenigstens heute einmal pünktlich Feierabend zu machen. Die Erfahrung hatte gezeigt, dass sein Chef umso eher Ruhe gab, je weniger man seinen Überlegungen Beachtung schenkte. Doch wie immer ließ der Alte nicht locker.

„Nehmen wir an, sie ist von der Zimmertür aus rückwärts gelaufen und über ihre Schuhe gestolpert. Das würde erklären, warum sie mit dem Hinterkopf aufgeschlagen ist."

„Sowohl die Ergebnisse der Spurensicherung als auch der Obduktionsbericht sagen ganz klar aus, dass sie einfach unglücklich gefallen ist. Ob sie rückwärts gelaufen ist oder versucht hat, sich abzufangen, spielt doch überhaupt keine Rolle."

„Das sehe ich anders. Was, wenn sie die Zimmertür geöffnet hat und aus Angst nach hinten weggerannt ist?"

„Wir haben keinerlei Hinweise darauf, dass sich zum Zeitpunkt ihres Todes noch eine weitere Person im Zimmer befand", murrte Knirps, „Fremdverschulden völlig ausgeschlossen", würgte er die Spinnereien seines Chefs ab.

„Diese Nauen im Zimmer nebenan will am Morgen nichts von den Schreien des Zimmermädchens gehört haben? Laut Bericht wurde sie von einem unserer Beamten geweckt."

„So wie alle anderen Teilnehmer auch."

„Die Zimmer der anderen Seminarteilnehmer befanden sich in den unteren Etagen. Die Zimmer der Nauen und der Dreher lagen nebeneinander, direkt unter dem Dachboden."

„Und wenn schon, die Nauen hat eben einen festen Schlaf."

„Die Thekenkraft hat ausgesagt, dass der Nauen an diesem Abend im Gespräch mit Verena Dreher für Bruchteile von Sekunden die Gesichtszüge entgleist sind. Die Nauen sei aber ganz klar darauf bedacht gewesen, sich das nicht anmerken zu lassen."

Das war typisch für Vollt: vom Hölzchen aufs Stöckchen. „Das Mädchen hinter der Zapfanlage hat nicht ein Wort von der Unterhaltung der Frauen verstanden", warf Knirps ein.

Vollt lehnte sich zurück.

„Die Nauen hat zu Protokoll gegeben, lediglich oberflächliche Konversation mit der Dreher gehalten zu haben. Warum klappt ihr dann die Kinnlade herunter?"

„Das ist die bloße Wahrnehmung einer Angestellten."

„Was ist mit diesem Kerl, der dem Barmann in dem Münchener Hotel aufgefallen ist, weil er sich sehr angeregt den

Abend über mit Verena Dreher unterhalten hat? Vielleicht kommt der ja als Vater des Kindes in Frage."

„Reine Spekulation, der Barmann konnte diesen Unbekannten nicht einmal beschreiben. Hinzu kommt, dass Verena Dreher die Bar alleine verlassen hat." „Zwei Angestellte haben es unabhängig voneinander für wichtig befunden, ihre Beobachtungen mitzuteilen. Dann ist da auch was dran."

„Die Ermittlungen sind abgeschlossen." Knirps verstand einmal mehr nicht, worauf der Alte eigentlich hinaus wollte: „Was hilft es uns, über die Wahrnehmungen einzelner Befragter zu spekulieren?" Die intuitive Ader seines Vorgesetzten in allen Ehren, doch diesmal suchte er vergebens nach einem Täter.

„Was spuckt das Internet über diese Mila Nauen aus?"

Knirps tat so, als würde er sich geschlagen geben. Er speicherte den Bericht ab und googelte den Namen der Mentaltrainerin. So würde er seinem Chef ein für alle Mal beweisen können, dass dieser sich in den Fäden, die er da munter vor sich her spann, nur selbst verheddern würde.

„Mila Nauen, Mentaltrainerin, verheiratet mit einem Sven Nauen-Kramer, beide wohnhaft Im Kleingarten 11."

„Kleingarten 11?", fingerleckend blätterte Vollt die Vernehmungsakte durch. „Im Protokoll hat sie den Straußenweg 45 angegeben, und von einem Doppelnamen ist hier auch nichts zu lesen."

„Laut ihrer Homepage betreibt sie ihre Agentur alleine, vermutlich unter ihrem Mädchennamen Nauen."

„Was macht ihr Mann, dieser Sven Kramer, beruflich?"

Knirps googelte erneut: „Er ist Pharmareferent."

„Gib den Kollegen in München Bescheid, sie sollen dem Barmann das Bild von Kramer vorlegen."

Knirps hielt rein gar nichts von dieser unsinnigen Anweisung, und er war sich sicher, dass die Kollegen in München Besseres zu tun hatten, als auf einen Gedankensprung seines Chefs hin die Hotels der Innenstadt unsicher zu machen.

„Bingo, Chef! Der Barmann hat den Mann der Nauen eindeutig als den Unbekannten wiedererkannt, mit dem Verena Dreher sich unterhalten hat. Ich habe auch gleich die Gästeliste des Hotels prüfen lassen, aber weder ein Nauen noch ein Kramer hat zu dem fraglichen Zeitpunkt dort übernachtet."

„Das hat nichts zu sagen. Möglich, dass er sich in einem der umliegenden Hotels einquartiert hatte und nur auf einen Absacker in die Bar gegangen ist. Gut gemacht, Knirps. Dann wollen wir dem Ehepaar Kramer-Nauen mal einen kleinen vorweihnachtlichen Besuch abstatten."

„Guten Abend, Frau Nauen. Ist Ihr Mann zu sprechen?" Vollt und Knirps wiesen sich an der Eingangstür aus. Darauf hatte Mila bestanden.

Sie brauchte einige Sekunden, um sich unbemerkt zu sammeln und dieses ungute Gefühl, das in ihr hochstieg, einzuordnen. Was wollte die Kripo von Sven? „Darf ich fragen, worum es geht?"

„Das würden wir gerne mit Ihrem Mann besprechen."

„Er ist außer Haus, geschäftlich. Vor Ende der Woche wird er nicht zurück sein", fertigte sie die beiden ab, in der Hoffnung, schnell wieder die Tür schließen zu können.

„Es gibt da einige Ungereimtheiten im Fall Verena Dreher."

„Aha. Und wie soll ausgerechnet mein Mann Ihnen da weiterhelfen?" Soviel sie wusste, war die Beweisaufnahme abgeschlossen und diese Verena als Opfer eines tragischen Unfalls in ihrer Heimatstadt beerdigt worden.

„Wir ermitteln wegen Totschlag."

„Totschlag?", rutschte es Mila ehrlich überrascht heraus, „Es war doch ein Unfall, oder etwa nicht?"

„Nicht ganz, wir müssen davon ausgehen, dass Frau Dreher bewusst zu Fall gebracht wurde."

„Und selbst wenn es so gewesen wäre. Was hat dann bitte schön mein Mann damit zu tun?"

„Dürfen wir die Waffen in ihrer Wohnung sehen?" Knirps hielt ihr den Durchsuchungsbefehl unter die Nase. Mila führte die beiden ins weitläufige Wohnzimmer und bat sie, Platz zu nehmen.

„Die Befragungen der Seminarteilnehmer haben ergeben, dass Sie stets ein Kleinkaliber in der Handtasche mit sich tragen", sagte Vollt.

Mila sah ihn ungerührt an.

„Wir müssen davon ausgehen, dass sich Frau Dreher Ihnen anvertraut hat, an diesem Abend in der Gaststätte. Sie hat Ihnen vermutlich erzählt, dass sie bei einem One-Night-Stand geschwängert worden ist. Und sie hat Ihnen den Namen des werdenden Vaters genannt: Sven Kramer." Vollt war bereit, seinen einzigen Joker – außer seiner Vorahnung hatte er nichts gegen sie in der Hand – auszuspielen: „Genau das war der Augenblick, den die Thekenkraft richtig erfasst hat, dieser Bruchteil von Sekunden, als Sie Ihre Mimik nicht unter Kontrolle halten konnten. So eine unschöne Neuigkeit kann schon mal Kopfschmerzen verursachen, nicht wahr, Frau Nauen? Frau Dreher hat Sie um Rat gefragt. War es nicht so?"

Mila ließ sich ihre innerliche Anspannung nicht anmerken. Dieses kleine Miststück hatte ihr tatsächlich verschwiegen, dass sie ein Kind von Sven erwartete. Deshalb war sie so verzweifelt gewesen und hatte damit gehadert, diesen Mann aus München ausfindig zu machen. Wenn diese Verena Mila gegenüber nichts von der Schwangerschaft erwähnt hatte, dann konnte es auch keinerlei Beweise für die wilden Theorien dieses verrückten Kommissars geben.

„Sie hatten Angst, Frau Dreher würde sich an Ihren Mann wenden, weniger der Alimente wegen, sondern weil sie sich in ihn verliebt hatte. Frau Dreher und ihr Mann haben sich in der Bar eines Münchner Hotels kennengelernt. Aber das wissen Sie ja alles viel besser als wir", fuhr Vollt ungehindert fort. „Der Barmann hat bei seiner Vernehmung ausgesagt, dass es keines der üblichen Techtelmechtel war, wie sie sich allabendlich an der Theke abspielen. Nach seinem Empfinden muss es sich bei den beiden um Liebe auf den ersten Blick gehandelt haben. Frau Dreher und ihr Mann haben die Bar zwar getrennt verlassen, aber trotzdem die Nacht miteinander verbracht. Vermutlich in dem Hotel Ihres Mannes. Das werden die laufenden Ermittlungen noch ergeben. Frau Dreher konnte natürlich nicht ahnen, dass es sich bei Sven Kramer um Ihren Mann, Sven Kramer-Nauen, handelt. Deshalb haben Sie auch bei der Vernehmung im Gasthaus nicht Ihren Personalausweis vorgelegt. Sie wollten die Verbindung zu Frau Dreher verschleiern. Denn Sie wussten nur zu gut, dass Ihr Mann auch in München als Sven Kramer eingecheckt haben musste, weil er das auf seinen Geschäftsreisen immer tut."

„Was für eine rührselige Geschichte. Selbst wenn darin auch nur ein Funken Wahrheit liegt: Glauben Sie wirklich, dass ich rasend vor Eifersucht und völlig kopflos in Frau Drehers Zimmer laufe, um sie zu erschießen, weil diese, wie Sie behaupten, ein Kind von meinem Mann erwartet?" Mila verzog das Gesicht zu einer Grimasse. „Ich gehe das Risiko ein, Schüsse abzufeuern, die jeden im Gasthof geweckt hätten, und das alles, weil mein Mann diese Frau angeblich geschwängert hat? Das glaubt Ihnen doch kein Mensch."

„Sie handeln nicht kopflos, Frau Nauen. Sie hatten nie vor, Schüsse abzufeuern. Sie haben Frau Dreher sprichwörtlich die Pistole auf die Brust gesetzt", äußerte Vollt eine weitere Vermutung.

„Ich halte ihr die Pistole vor und bringe sie dazu, freiwillig so zu stürzen, dass sie sich das Genick bricht? Das wird ja immer absurder", lachte Mila kurz auf.

„Menschen, denen die Pistole auf die Brust gesetzt wird, reagieren sehr unterschiedlich, Frau Nauen. Als Frau Dreher

Ihnen die Tür öffnete und plötzlich in den Lauf einer Waffe sehen musste, ist sie reflexartig nach hinten weggerannt. Dass sie dabei über ihre Schuhe stolpern würde, damit konnten Sie natürlich nicht rechnen. Da hat Ihnen der Zufall in die Hände gespielt."

„Sie haben keinerlei Beweise für Ihre grotesken Anschuldigungen."

„Ja, eine wirklich ziemlich abwegige Geschichte, die mein Chef sich da ausgedacht hat." Knirps rutschte ein wenig auf Mila zu und lächelte sie verständnisvoll an.

Mila allerdings wusste nicht, was sie von dieser verschwörerischen Geste halten sollte. Es war schwer vorstellbar, dass die Beamten sich uneins waren.

„Total abgefahren und völlig zusammenhanglos, dachte ich, vor allem als Herr Vollt diese unsichtbare Verbindung zwischen Frau Dreher und Ihrem Mann gesponnen hat. Und das nur auf eine vage Wahrnehmung eines Barmannes hin. Allerdings haben wir uns gefragt, warum Sie uns Ihren Doppelnamen bei der Vernehmung verschwiegen und Ihre Büro-Adresse als Ihren eigentlichen Wohnsitz angegeben haben."

„Was wollen Sie von mir? Mir einen Mord in die Schuhe schieben?" Mila stand auf und positionierte sich vor die beiden Herren. „Was für ein irrsinniges Unterfangen. Diese Frau ist durch Eigenverschulden gestürzt und ums Leben gekommen. Leider wird sie das kaum noch bestätigen können."

„Sie haben kaltblütig den Tod von Verena Dreher und ihrem ungeborenen Kind in Kauf genommen. Ein Vaterschaftstest wird das bestätigen, Frau Nauen. Ich bin wirklich sehr gespannt, wie Ihr Mann darauf reagiert, wenn er erfährt, dass sie nicht nur die Frau, in die er sich verliebt hatte, auf dem Gewissen haben."

Einmal Himmel!

Immer, wenn er die Einsamkeit zu Hause nicht mehr ertrug, fuhr er die dreißig Kilometer bis in die nächste Stadt. Dieses kleine Eck-Café in den verwinkelten Gassen der Fußgängerzone war ihm die Strecke wert. Denn hier tauchte, wenn überhaupt, nur ab und an ein bekanntes Gesicht auf. Der Schmerz über den plötzlichen Verlust drückte jetzt, in der Vorweihnachtszeit, besonders.

Ihm gehörte ein gut gehender Friseursalon in einem der Vororte. Es spräche sich wie ein Lauffeuer herum, wenn er dort in einem der Cafés, gedankenverloren, mit seinem blütenweißen Stofftaschentuch die Tränen trocknen würde. Sein Haar hatte an Fülle verloren. Der Zahn der Zeit nagte an ihm. Die Augen verloren ihren Glanz, während die Falten, die von einem bis dato glücklichen Leben erzählten, denen der Trauer wichen. Tiefe Furchen begannen sich in seine Haut zu graben. Er war dankbar für die vielen gemeinsamen Jahre. Aber er hätte sich noch einige mehr gewünscht. Eigentlich trauerte er nicht um ihren Tod, sondern beweinte die Sinnlosigkeit, die sein Leben nun erfüllte.

Als Friseurmeister kannte er die Geheimnisse derer, die ihm die Haare anvertrauten. Während er Dauerwellen aufdrehte, Farben anrührte oder Männern die Bärte rasierte, wurden sie redselig. Männlein wie Weiblein. Kind wie Großmutter. Vor allem die Schüchternen, Zurückhaltenden schienen unter seinen Händen regelrecht aufzublühen.

Einem Menschen, dem man das Heiligste, die Haare, anvertraute, vertraute man gedankenlos sein Inneres an.

Er selber war zum Schweigen verdonnert. Vieles hätte er lieber nie erfahren, doch sie drängten sich ihm regelrecht auf und verwechselten den Frisiersessel offenbar mit dem Beichtstuhl.

Nicht selten fühlte er sich schlecht. Wenn er in die Augen eines Kindes blickte, das zappelnd auf dem Schemel Haare ließ und dem Nachbarn ähnlicher sah als dem eigenen Vater.

Töchter schimpften über ihre Mütter. Mütter, die nur Tage später über den fragwürdigen Lebenswandel ihrer pubertären Mädchen klagten. Männer, die sich von ihren Frauen eingeengt und unverstanden fühlten, und auf der Suche nach Liebe von einer Affäre in die nächste stolperten. Nachbarschaftsstreitigkeiten und Scheunen, die zufällig abgebrannt waren. Es gab nichts, was ihn noch wundern würde.

Etwas Lobendes gab es selten bis gar nicht. Sie alle lobten lediglich sein Geschick, durch die Verwandlung der Haare neue Menschen aus ihnen gemacht zu haben. Was dachten sie sich? Dachten sie überhaupt? Als wäre er für ihre Wandlung zuständig!

Sie alle waren getroffen, als er das Liebste, was er hatte, ohne Vorwarnung von einem Tag auf den anderen hergeben musste. Sie sprachen ihm ihr Mitgefühl aus. Doch als er nach Wochen immer noch in Geschichten von ihr schwelgte, schlug das ihm entgegengebrachte Verständnis in Hohn um. Gerade die, die ihn als Seelenmülleimer benutzten und nicht davor zurückschreckten, ihm ihre schwärzesten Seiten zu offenbaren – Dinge, die selbst der Herr nicht verzeihen würde, dessen war er sich sicher. Er verzieh ihnen. Doch ausgerechnet sie wollten nun von seiner Wehleidigkeit nichts wissen. Nach und nach zog er sich aus dem eigenen Geschäft zurück. Obwohl er wie nie zuvor die Arbeit zur Ablenkung gut hätte brauchen können.

Mit Einsetzen der Kälte rissen die immer noch frischen Wunden wieder auf. Was blieb, war die Erinnerung an etwas Einmaliges.

Unsicher wanderten seine Augen die Tische ab. Tränen liefen. Er umfasste mit feuchten Händen das Taschentuch in seiner Gesäßtasche. Die Tränen machten dem selbstauferlegten Druck der verbotenen Trauer Luft. Später beschloss er, entgegen seiner Planung noch weiter zu fahren, um ihr Grab zu besuchen. Auch wenn das bei dem Schneetreiben unvernünftig schien.

Zwanzig Jahre stand sie ihm treu zur Seite. Nicht einen Tag waren sie getrennt gewesen. Jeden Morgen waren sie zusammen aufgewacht. Seine Hände liebkosten ihren weichen Körper. Zärtlich schmiegte sie sich dann an ihn. Zwanzig Jahre konnte er ihr jedes noch so große Geheimnis anvertrauen. Diese ganzen unglaublichen Geschichten, an denen er oftmals zu zerbrechen drohte. Sie war ihm eine Stütze gewesen.

Seine Lider wurden schwer. Mehrmals schluckte er, um nicht laut aufzuschluchzen. Er zog erneut das Taschentuch aus der Gesäßtasche und wischte sich die Wangen trocken.

„Darf ich?"

Erschrocken öffnete er die Augen und stopfte peinlich berührt das Taschentuch zurück in die Hosentasche.

Eine Dame, die er ungefähr in seinem Alter schätzte, neigte den Kopf zur Seite und wartete auf eine Antwort.

Ihm war nicht nach einer Unterhaltung zumute. Er schaute zu dem freien Nachbartisch. Doch die Dame zog bereits den Stuhl vom Tisch. Sie schien sich nicht davon abhalten zu lassen, Platz zu nehmen. Die schwarze Lederhandtasche stellte sie auf einen der freien Stühle. Dann zupfte sie einen Finger nach dem anderen aus den dünnen schwarzen Lederhandschuhen und ließ diese galant in der Handtasche verschwinden. Bedächtig knöpfte sie ihren schwarzen Wollmantel auf, in dessen einen Ärmel sie von innen den ebenfalls wollenen Schal steckte. Umständlich stand er auf, um ihr beim Auskleiden zu helfen und ihren Mantel an die Garderobe zu hängen. Als er wieder zurück zum Tisch kam, saß sie bereits.

„Vielen Dank. Wie freundlich von Ihnen, mit mir den Tisch zu teilen." Er lächelte gequält.

„Sie müssen wissen, ich komme schon seit Jahren hierher. Doch Sie sind mir noch nie aufgefallen."

Ihre Augen waren eine Mischung aus blassem Grün und einem hoffnungslosen Grau. Diesen ausdruckslosen Blick kannte er von seinem Spiegelbild nur zu gut.

„Sie müssen wissen", begann sie erneut, „ich komme in dieses kleine Café, wenn mich zu Hause die Einsamkeit um Luft ringen lässt." Sie atmete demonstrativ schwer ein und aus. Dabei ließ sie ihn nicht aus den Augen. „Dieser Schmerz wiegt wie eine tonnenschwere Last."

Dieses Gefühl konnte er nur zu gut nachempfinden. Deshalb saß auch er hier.

„Es ist nicht einfach, nach zwanzig gemeinsamen Jahren plötzlich alleine dazustehen."

Er sah sie mitleidig an. Auch darin kannte er sich bestens aus. Sie drehte sich um und schaute zur Theke. Hinter dem Glas warteten die köstlichsten Torten auf den Verzehr.

„Ich kann Ihnen die *Lebkuchenschnitte* wärmstens empfehlen."

Er zog die Augenbrauen hoch, als Zeichen, ihren Geschmack zu würdigen.

„Wissen Sie", setzte sie wieder an, „ich bin nie verheiratet gewesen. Verliebt ja. Und wie!" Sie schloss für einen Moment die Augen. Es war nicht schwer zu erraten, dass ein Mann ihre Gedanken durchwanderte. „Er war Matrose", schwärmte sie. „Auf einem der großen Überseeschiffe. Stundenlang konnte er von seinen Fahrten erzählen. So lebendig, dass ich dachte, dabei gewesen zu sein." Sie gestikulierte mit den Händen. Ein Lächeln huschte über ihr Gesicht. Sie spitzte ihre herzförmigen, kirschroten Lippen.

„Er hat viele Länder gesehen, sehr viele. Marokko, Südafrika, Hawaii – und sogar in Schweden ist er gewesen. Wir

---

Rezept Lebkuchenschnitte: Seite 109.

haben uns heimlich verlobt, noch an dem Abend, als er wieder einmal an Bord gegangen ist."

Verträumt schaute sie durch eine der kleinen, gewölbten Scheiben nach draußen.

„Wir wollten heiraten, sobald er zurück im Heimathafen war."
Ihre ausdruckslose Mimik ließ das Ende erahnen.

„Ich habe mit ihm die Wolken berührt." Sie hob den Kopf an, darum bemüht, ihren Schmerz im Zaum zu halten.

„Ich bin nie wieder dort gewesen."

„Wo?", fragte er, irritiert darüber, dass die Dame sich ihm unbekannterweise so intim öffnete.

„Im Himmel."

Tränen liefen über ihre fahlen Wangen. Er fühlte sich hilflos. Sicher konnte er nicht einfach so zu ihr gehen, um ihr Trost zu spenden. Abgesehen davon, hätten seine kräftigen Arme dieser zierlichen Person die akkurate Hochsteckfrisur ruiniert. Seine klammen Hände umfassten hilflos das Stofftaschentuch. „Du Tölpel", schimpfte er sich leise selber. Wie konnte er nur auf die Idee kommen, ihr sein benutztes Taschentuch anzubieten.

„Er ist nie wieder heimgekehrt. Die Pest, müssen Sie wissen", sie stockte. Dann öffnete sie die Handtasche und zog ein frisches, blütenweißes Stofftaschentuch heraus. Er staunte nicht schlecht.

„Noch heute habe ich das bitterliche Weinen seiner Mutter in den Ohren", schnäuzte sie sich. „Ich habe sie nicht mit meinem Schmerz belasten wollen, also habe ich still um ihn getrauert. Niemals werde ich mich an den Gedanken gewöhnen, ihn auf so grausame Weise verloren zu haben." Sie steckte das Stofftaschentuch unauffällig zurück in die Handtasche. „Verliebt habe ich mich nie wieder. Es hat sich niemand gefunden, der es mit ihm hätte aufnehmen können."

Er nickte verständnisvoll. Nur zu gut wusste er, wie man stumm mit einem herben Verlust umgeht.

„Sie war gerade mal vierzehn Jahre alt, als ich sie zum ersten Mal gesehen habe", hörte er sich zu seiner eigenen Verwunderung sagen.

„Oh, so jung haben Sie sich kennengelernt?"

„Sie gehörte einem Flüchtlingstreck an, der vom Osten her gerade durch unsere Gegend zog. Es war Sommer und ich stand neugierig auf der lehmigen Dorfstraße. Sie ist mir sofort aufgefallen. Ihre blonden lockigen Haare, in ihrem zerfetzten kurzen Kleid lief sie barfuß an mir vorbei, ohne Notiz von mir zu nehmen."

Mehrmals schluckte er, um diesen festen Kloß der Erinnerung herunterzuwürgen.

„Ich bin am Abend heimlich zum Dorfplatz geschlichen", erzählte er mit belegter Stimme weiter. „Dort hatten die Flüchtlinge einige provisorische Hütten errichtet. Sie hat mich bemerkt und wir sind zusammen an den Bach gegangen, der sich durch die abgelegenen Felder schlängelte. Wir haben gebadet. Der Mond schien hell, als sich unsere Lippen berührten. Ein unbekanntes, wunderschönes Kribbeln durchzog mich."

Er sah verträumt an ihr vorbei.

Sie erschrak. Denn sie spürte den Wunsch aufkeimen, ebenfalls seine wohlgeformten vollen Lippen zu schmecken. „Schäm dich, altes Mädchen!", rügte sie sich innerlich für ihre auflodernden Gefühle. Sie hielt es für ausgeschlossen, diesem längst verloren geglaubten Verlangen jemals wieder nachkommen zu können.

„Sie erzählte nicht viel. Es war auch sinnlos, dass wir uns unterhielten. Wir sprachen nicht die gleiche Sprache." Seine Stimme wurde dünner. „Doch Liebe braucht keine Worte. Immerzu wollte sie in meinen Armen liegen. Für sie bin ich, mit meinen knapp sechzehn Jahren, in dieser Feuerhölle der sicherste Platz auf Erden gewesen." Nervös packte er abermals in seine Gesäßtasche. „Jeden Tag haben wir uns bei Anbruch der Dunkelheit heimlich weggeschlichen, bis ich Wochen später einen leeren Dorfplatz vorfand."

Ihre Blicke trafen sich.

„Sie ist immer noch mein Mädchen."

„Oh, wie wundervoll." Ihre Augen schimmerten feucht.

„Also haben Sie sich wiedergefunden."

„Nein, alle meine Bemühungen, sie ausfindig zu machen, verliefen im Sande."

„Oh, das ist ja furchtbar." Sie legte die Hand auf ihr Herz als Zeichen des Mitgefühls.

„Ich habe nie wieder eine getroffen wie sie. Ihre Liebe hat mein Leben bereichert."

„Das waren damals keine guten Zeiten. Weder für Kinder noch für die Liebe."

„Gibt es für beides überhaupt eine gute Zeit?"

Sie schwiegen gemeinsam, bis sich ein leises Klirren von Porzellan ihnen näherte, und die forsche Stimme der Kellnerin die Stille am Tisch unterbrach:

„Was darf es sein, die Herrschaften?"

Sie fasste sich als Erste.

„Junge Dame, bitte bringen Sie uns zwei von den köstlichen Lebkuchenschnitten." Sie lächelte ihn fragend an.

Eigentlich war ihm nicht nach Kuchen. Er hatte sich einfach ungestört seinem Schmerz hingeben wollen. Doch er konnte ihr die nette Geste nicht abschlagen. Er nickte zustimmend.

„Kaffee?"

„Ja, gerne. Schwarz bitte", antwortete er heiser.

„Oh, was für ein netter Zufall. Ich trinke meinen Kaffee auch schwarz. Eine gute Bohne gehört meiner Meinung nach weder verdünnt noch gesüßt."

Er könnte schwören, das Grün in ihren Augen aufblitzen zu sehen. Ihre ganze Aufmerksamkeit galt der Kellnerin.

„Zweimal Lebkuchenschnitte und zwei Tassen Kaffee",

wiederholte diese hektisch und widmete sich schon dem Nachbartisch.

„Mein Vater ist im Krieg gefallen. Als einziges Kind meiner Mutter habe ich mich ihr verpflichtet gefühlt. Wir haben zusammengewohnt bis zu ihrem Tod vor fünf Jahren. Sie war wie eine Freundin für mich."

„Dann haben Sie auch schon einige Verluste hinnehmen müssen", stellte er nüchtern, aber keinesfalls gefühllos fest.

„Die Umschreibung ‚hinnehmen müssen' gefällt mir. Sie ist sehr treffend. Denn das Schicksal nimmt ungefragt", antwortete sie.

Sie sahen sich schweigend an.

„Die Menschen in meinem Umfeld halten mich für zu sensibel", atmete er tief ein, „Als ob es einen Zeitrahmen für die Heilung geschundener Seelen gibt", fuhr er weiter fort, „Eine Art Trauerstoppuhr. Verstehen Sie? Wenn es klingelt, sind die, die vor uns gegangenen sind, einfach vergessen. Der Verstand verdrängt. Ein Herz jedoch vergisst nie."

Der Klang seiner Stimme sorgte für ein heftiges Kribbeln in ihrer Magengegend.

„Dem kann ich nur beipflichten", antwortete sie. Ein wohliger Schauer durchflutete ihn. Ihre Wangen nahmen ein leichtes Rot an und die Hoffnungslosigkeit schien restlos aus ihren Augen gewichen zu sein. Wie sie dasaß. Sie sah ungeheuer gut aus. Doch er verkniff sich, ihr ein Kompliment zu machen. Ihr seine Bewunderung auszusprechen, gehörte sich nicht – angesichts der Trauer, die sie noch immer in sich zu tragen schien.

„Sie haben es auf den Punkt gebracht. Trauer ist etwas Unvergängliches. Sie begleitet uns bis zu dem Tag, der für unseren Abgang bestimmt wurde", führte sie weiter aus. „Niemand in meinem Umfeld konnte nachvollziehen, wie es ist, nach zwanzig Jahren alleine aufstehen zu müssen. Sie heuchelten Verständnis. Doch nur Wochen später spotteten sie hinter meinem Rücken."

Also hatte sie doch nicht so keusch gelebt, wie sie erzählte. Sie klang verbittert. Vielleicht war ein aufrichtiges Kompliment genau das, was ihr fehlte. Er vermochte es jedoch nicht auszumachen.

„Wir führten eine WG. Mein Vater, sie und ich. Mein Vater starb vor über fünfzehn Jahren. Seitdem lebte ich mit ihr in der viel zu großen Wohnung." Um Haltung bemüht, erzählte er weiter. „Ich habe es einfach nicht fertiggebracht, ihr die vertrauten vier Wände zu nehmen."

Die Kellnerin stellte den geordneten Kuchen und die beiden Tassen Kaffee ab. Wortlos verschwand sie ebenso schnell.

„Hierher komme ich, wenn ich keinem meiner Kunden begegnen möchte. Meistens besuche ich im Anschluss ihr Grab."

Vorsichtig stach er in die Lebkuchenschnitte, gespannt darauf, ob sich die Bestellung des Kuchens gelohnt hatte.

„Keinem Ihrer Kunden?" Auch sie nahm den ersten Bissen.

„Ja, ich bin Friseurmeister."

„Friseurmeister sagen Sie?" Die Kuchengabel glitt ihr aus der Hand und fiel geräuschvoll zu Boden. Das Missgeschick und der Tonfall Ihrer Frage verunsicherten ihn.

„Ist es anstößig, Haare zu schneiden?", wunderte er sich. Sie schaute derweilen auf die heruntergefallene Gabel. Wie unachtsam von ihm! Er stand auf, um ihr die Gabel vom leeren Nachbartisch zu reichen.

„Oh, nein. Es ist ein durchaus ehrenwerter Beruf. Anstößig sind nur die Geschichten derer, die auf dem Frisiersessel Platz nehmen." Wieder verwunderte sie ihn.

„Sie wissen davon?" Woher konnte sie um diese ungeschriebenen Geheimnisse wissen?

„Und ob. Mir gehört ein Friseurladen, ungefähr eine Autostunde nördlich von hier, müssen Sie wissen. Die Wahrscheinlichkeit, hier auf ein bekanntes Gesicht zu treffen, ist sehr gering." Ihre kirschroten Lippen berührten die filigrane

Kaffeetasse. Er wünschte sich, aus Porzellan zu sein und den sanften Druck ihres Mundes spüren zu können, und hüstelte leicht, um über die eigene Verlegenheit hinwegzutäuschen.

„Heute bin ich früher als sonst in das Café gekommen. Eigentlich wollte ich vorher noch meine Einkäufe erledigen. Doch dieses vorweihnachtliche Gedränge erschlägt mich jedes Jahr aufs Neue. Ich werde lieber morgen in den frühen Morgenstunden losziehen." Sie lächelte.

„Ja, die Menschen sind an diesen Tagen wie ausgewechselt", versuchte er sich selber aus der anhaltenden Verwunderung herauszuhelfen. Diese fremde Frau schaffte es tatsächlich, ihn in Staunen zu versetzen.

„Merkwürdig, dass wir uns nie zuvor begegnet sind", bemerkte sie strahlend. Dann schloss sie die Augen, als sie sich genussvoll die Kuchengabel in den Mund führte. Ihre sinnlichen Lippen weckten abermals den Wunsch in ihm, sie schmecken zu können.

„Ich werde den diesjährigen Heiligabend zum ersten Mal alleine verbringen." Wie kam er nur dazu, dieses Thema anzuschneiden?

„Auf welche Weise werden Sie den Heiligen Abend denn verbringen?", fragte sie neugierig und tupfte dabei ihre herzförmigen, kirschroten Lippen vorsichtig mit der Serviette ab.

„Für gewöhnlich mit einer *Gans, Rotkohl und Kartoffelklößen*." Er lächelte verschmitzt. Sie schien seinen Humor zu teilen, denn sie lächelte ebenfalls. „Dazu lege ich Weihnachtsmusik auf und gehe nach dem Essen in die Mitternachtsmette."

„Gans in Honigbutter geschmort und mit Maronen gefüllt", schnalzte sie, ohne ein Antwort abzuwarten. „Ich gebe immer noch gute zwei Handvoll getrocknete Pflaumen in

---

Weihnachtsgans-Rezept: Seite 110.

den Bräter und einen ordentlichen Schuss Portwein an den Kohl", endete sie kennerhaft.

Er sah sie entgeistert an. Woher kannte sie das überlieferte Familienrezept? Diese Frau war ein einziges Wunder.

„Es wird dunkel." Er schob den leeren Teller zur Seite. „Ich muss mich auf den Weg machen, um wenigstens noch ein paar Worte mit ihr zu wechseln."

„Ja, das hatte ich auch vor. So ein stiller Austausch am Grab erleichtert mich immer ungemein. Mit der Straßenbahn sind es nur ein paar Haltestellen bis zum Friedhof. Er liegt etwas außerhalb, müssen Sie wissen."

„Ich kann Sie gerne ein Stück mitnehmen", schlug er vor, in der Hoffnung, sie würde einwilligen.

Sie zahlten und gingen schweigend zum Auto. Sie schwiegen auch während der Fahrt. Als er den Motor abstellte und sie gemeinsam durch das schmiedeeiserne Tor gingen, sprach keiner von beiden ein Wort. Wie selbstverständlich hakte er sich bei ihr unter. Im Gleichschritt liefen sie vorsichtig über die eingeschneiten schmalen Wege.

„Was für ein schöner Zufall, dass wir uns anscheinend für denselben Friedhof entschieden haben", flüsterte sie bedächtig.

„Das spricht für unser beider guten Geschmäcker", ergänzte er.

„Dieser Ort ist bezeichnend für seinen Namen ‚Seelen Ruh', wie ich finde", fügte sie hinzu, „Hier kommen die Seelen zur Ruhe, die lebenden wie die toten." Vor einem schlichten, mit Christrosen überzogenen Grab blieb sie stehen.

„Pille" war dort kurz und knapp in verschnörkelten Buchstaben auf einem extravaganten Kupferkreuz eingraviert. Unter der Inschrift war Pille zu sehen, sie hatte wahrscheinlich ein Foto von ihm in Kupferstichmanier einprägen lassen. Eine nette Idee, wie er fand.

„Ich habe ‚Tavor' unter dem Sommerflieder am Ende dieser Reihe begraben."

„Ich liebe Sommerflieder", blickte sie in Richtung des Grabes. „Sie fühlt sich dort bestimmt sehr wohl." Ohne ihn anzuschauen, streifte sie ihren ledernen Handschuh ab, „Pille ist ein Mischling gewesen, ein Spitz, doch mit allen Facetten, die ein Hund nur haben kann." Wie zufällig strich sie zärtlich über seine Hand. „Tavor war eine Katze wie aus dem Bilderbuch. Eine Diva, aber mit großem Herz. Sie war eine ungewollte Kreuzung aus reinrassigem weißen Perser und Straßenkater. Sie war mein ‚Schneetiger'." „Ist es nicht seltsam, dass wir uns nie zuvor hier begegnet sind?", fragte sie.

Seine Knie waren butterweich. Er hatte Mühe, dass sie vor Nervosität nicht aneinanderschlugen. Er war knapp sechzehn gewesen, als er zum letzten Mal dieses Kribbeln gespürt hatte. Was, wenn er sich ungeschickt anstellte? Er hatte nie die Wärme einer Frau gespürt. Lediglich Tavor hatte ihm zwanzig Jahre lang bedingungslose Liebe entgegengebracht.

Vorsichtig tastete er nach ihrer Hand. Sie rührte sich nicht, sondern streckte ihm ihre entgegen. „Hast du jemals mit dem Gedanken gespielt, dir wieder einen Hund anzuschaffen?" „Nein, ich halte es nicht mit der neumodischen Zeit, in der alles und jeder ersetzbar scheint", antwortete sie und umfasste seine Hand. Ein entschlossener Griff war es, der ihm da entgegengebracht wurde. Sein Blut pulsierte und sein Herz überschlug sich beinahe. „Würdest du noch einmal dahin wollen?", sah er sie mit festem Blick an.

Ihre Augen funkelten verdächtig, als sie sich ihm zuwandte und ihren Kopf an seine Schulter lehnte. „Wohin denn?", hauchte sie ihm leise ins Ohr.

„In den Himmel!"

Anhang: Rezepte

Eierpunsch
nach Omas Geheimrezept

Zutaten:
400 g Sahne (Kalorienbewusste nehmen 400 ml Milch)
400 g Puderzucker
8 Eigelb
0,7 l Weinbrand
Zimt nach Geschmack

Zubereitung:
Sahne bzw. Milch aufkochen lassen und abkühlen. Die Eigelbe und den Puderzucker schaumig rühren.

Nach und nach Sahne und Weinbrand unter die Masse rühren und in eine verschließbare Flasche abfüllen. (Wenn man Milch genommen hat, wird die Masse nicht ganz so steif.)

Bei Bedarf erwärmen, aber nicht kochen. Wer mag, kann auch noch einige Tropfen Amaretto hinzugeben. Kalt kann man den Eierpunsch ebenfalls trinken – als Eierlikör. Die Flasche im Kühlschrank aufbewahren.

Vanillekipferl
Omas Lieblingsplätzchen

Zutaten:
280 g Mehl
210 g Butter (Zimmertemperatur)
70 g Zucker
110 g Mandeln
1 Pr. Natron

Zubereitung:
Die gesamten Zutaten gut verkneten. Nach Bedarf 1-2 EL Wasser zugeben. Den Teig in Frischhaltefolie oder eine Plastikschüssel geben und 1 Stunde im Kühlschrank ruhen lassen. Danach wird er geviertelt. Kleine Rollen formen und von diesen kleine Stückchen abschneiden. Halbmonde daraus formen und auf ein mit Backpapier ausgelegtes Backblech legen.
    Je nach Stärke des Backofens 10-15 Minuten bei Umluft auf ca. 150 Grad backen. Die Kipferl sollten nicht braun werden.
    Gebäck mit Puderzucker bestreuen und abgekühlt in eine verschließbare Dose geben.

Omas Weihnachtslikör
(und ggf. Früchtekuchen)

Zutaten:
150 g getrocknete Feigen
150 g getrocknete Pflaumen
50 g entkernte Datteln
50 g Rosinen
½ Vanilleschote
1 Zimtstange
3 Nelken
3 Pfefferkörner
1 EL Honig
1 Msp. Kardamom
125 g brauner Kandis
1 Flasche Weinbrand

Zubereitung:
Die Zutaten in einen verschließbaren Topf geben. (Wenn kein Rumtopf vorhanden, tut es auch ein handelsüblicher Kochtopf. Plastikschüsseln sind nicht zu empfehlen.)
   Vier Wochen verschlossen ziehen lassen und darauf achten, dass die Zutaten immer vom Weinbrand bedeckt sind, gegebenenfalls Weinbrand nachgießen.
   Nach vier Wochen abseihen und in eine gut verschließbare Flasche abfüllen.
   Die Früchte können gegessen oder anderweitig verwendet werden, z.B. für einen Früchtekuchen: Hierfür Hefeteig von 500 Gramm Mehl mit Zimt abschmecken, die Früchte sehr gut zerkleinern und untermischen. Entweder zu einem Zopf flechten oder in eine Springform geben und bei 170 Grad circa 25 Minuten backen.

Lebkuchenschnitte

Trockene Zutaten:
350 g Mehl
300 g Zucker
100 g gemahlene Haselnüsse
3 TL Lebkuchengewürz
1 EL Vanillezucker
1 TL Nelkenpulver
1 Päckchen Backpulver

Flüssige Zutaten:
250 ml Milch
2 EL Honig
150 g flüssige Butter
4 Eier

Zubereitung:
Trockene Zutaten gut vermischen. Flüssige Zutaten gut durchrühren und dann mit den trockenen mischen.

Die Masse mit einem Teigschaber auf ein mit Backpapier ausgelegtes Backblech geben und 20 Minuten bei 180 Grad Umluft (200 Grad Elektroherd) backen.

Kuvertüre schmelzen und über den warmen Kuchen geben, danach in Stücke schneiden.

Gans mit Rotkohl und Kartoffelklößen

Gans

Zutaten:
1 Ofenfertige Gans
100-200 g Butter
ggf. 5 EL Honig
ggf. Trockenpflaumen

Für die Füllung
Äpfel, Maronen, Zwiebeln

Die Menge für die Füllung richtet sich nach dem Gewicht der Gans. Es sollte jedoch beim Kauf bereits darauf geachtet werden, dass die Gans gut in einen vorhandenen Bräter mit Deckel passt. Das schont den Backofen.

Zubereitung
Äpfel schälen und würfeln. Maronen nach Anleitung schälen (es gibt jedoch bereits, je nach Supermarkt, gebrauchsfertige Maronen zu kaufen). Zwiebeln ebenfalls schälen und würfeln. Ofen auf 160 Grad vorheizen.

Die Gans mit Äpfeln, Maronen und Zwiebeln füllen. Damit die Zutaten innen gleichmäßig garen, empfiehlt es sich, eine offene 0,33-Liter-Glasflasche mit dem Boden vorab hineinzuschieben.

Den Boden des Bräters mit 100 g Butter einfetten, großzügig mit Trockenpflaumen auslegen (falls gewünscht; Sie können die Pflaumen auch weglassen) und die Gans hineinlegen.
    Circa alle 30 Minuten das am Boden angesammelte Fett mit einer Schöpfkelle übergießen.

Als Geschmacksverstärker können Sie zusätzlich 100 Gramm Butter schmelzen, diese mit dem Honig unterrühren und mit der Mischung die Gans noch zusätzlich einpinseln.

Wichtig: Jeder Backofen heizt und backt unterschiedlich. (Sie kennen Ihren Ofen am besten. Die Faustformel für die Garzeit einer Gans liegt bei einer Stunde pro Kilo. In meinem Ofen reichen dafür 160 Grad und je Kilo eine Dreiviertelstunde.)

Wenn Sie unsicher sind, garen Sie die Gans besser bei niedrigerer Temperatur und dafür länger. Wenn das Haus bzw. die Wohnung langsam beginnt, herrlich nach Gans zu duften, dürfte die Garzeit fast erreicht sein. Schneiden Sie einen Streifen zum Probieren ab und prüfen Sie, ob das Fleisch noch saftig ist.

Für eine knusprige Haut sorgen Sie, indem Sie die letzten Minuten den Bräter ohne Deckel im heißen Ofen lassen.

Sollte die Gans bereits bei Ihrem Probeschnitt gar sein, verzichten Sie auf die knusprige Haut und nehmen Sie den Bräter sofort aus der Röhre.

Kartoffelklöße

Zutaten:
1 kg Kartoffeln
2 Eier, Salz, Muskat
100 g Kartoffelmehl

Zubereitung:
Die Kartoffeln schälen, kochen, heiß durchpressen und mit den Eiern, Salz, Muskat sowie dem Kartoffelmehl vermengen. Eine Rolle formen und in etwas Mehl wälzen. Klöße in kochendes Salzwasser geben und circa 20 Minuten garen lassen.

Rotkohl

Zutaten:
1 kg Rotkohl
250 g Speck
4-5 große Äpfel, bevorzugt Boskoop
250 ml Portwein oder 250 ml guter Traubensaft
5 Nelken
2-3 große Lorbeerblätter
1-2 TL Zimt (je nach Geschmack; oder ganz weglassen)

Zubereitung:
Den Speck langsam auslassen und den Rotkohl in dünne Streifen schneiden. Die Äpfel schälen und vierteln. Danach die Rotkohlstreifen in dem ausgelassenen Speck andünsten. Die Gewürze oben aufgeben, die Apfelviertel auf den Rotkohl verteilen und andrücken. Die Flüssigkeit angießen. Eine gute Stunde köcheln lassen.

Wenn die Äpfel zerfallen, ist der Rotkohl gar und kann gut durchgerührt werden.